レベル０の魔王様、
異世界で冒険者を始めます２
不思議なダンジョンを攻略してみませんか？

瑞智士記

GA文庫

カバー・口絵　本文イラスト
遠坂あさぎ

PROLOGUE

初夜という言葉がある。

その日、宿酒場《やどさかば》〈魔王城〉の一室で、イシュトとリッカは――、

まさしく初夜（?）を迎えようとしていた。

イシュトが炎の巨人スルトを討伐《とうばつ》し、王都を壊滅の危機から救ったのが、ほんの数日前のこと――その恩賞として、三つ星ランクの〈魔王城〉を利用できるようになったのだが、なんでも伝達ミスがあったらしく、イシュトとリッカは同室で寝泊まりする羽目になった。

宿酒場といっても、冒険者の場合は長期契約となる場合が多い。実質的には、食堂付属の賃貸住宅に近い。人気店ともなれば、部屋が空くことは滅多《めった》にないという。

とりあえず、昼間は私物を部屋に運びこんだり、商店街で必要物資を買い求めたりした。

夕方になると、シロン・ルクップの計らいで、イシュトとリッカの歓迎会が開かれた。シロンはおっとりした少女で、イシュトとは会話が嚙《か》み合《あ》わないことも多いのだが、ああ見えて〈魔王城〉の跡継ぎ娘である。

パーティーは、一階の食堂フロアを貸しきりにして行われた。宿の常連客が集まって、イシュトとリッカを大いに歓迎してくれた。常連客のなかには、アイリスたち銀狼《ぎんろう》騎士団も含まれていた。

豪華な食事に、王都が誇る地酒の数々。

芸人たちの演奏に、踊り子たちの華麗な舞い。

楽しい時間は、瞬《また》く間に過ぎていった――。


いよいよ夜も更け、解散となり、あとは自室にもどって寝るだけ……となった時点で、イシュトは玄関前でぴたりと立ち止まった。

ここに至り、イシュトは直面したのである。

ずっと先延ばしにしていた問題に。

そう、今夜からはリッカと同じ部屋で寝なければならないのだ。

元魔王という物騒な経歴の割に、イシュトには女性経験がない。

もっとも、かつて宮廷女官たちの度重なる誘惑に辟易《へきえき》させられたイシュトの発想は、およそ凡人とは異なっていた。

――俺はリッカを信頼している。そもそもリッカは清純な女だ。よもや俺の寝床に、問答無用で入ってくるつもりはないと思うが……。

そう、イシュトは決して「リッカの存在が気になって、眠れなくなるのでは?」とか、「自分の理性が吹っ飛んで、リッカに手を出してしまったらどうしよう?」などと心配したりはしなかった。

——うむ……。ここは一つ、話し合っておく必要があるようだな。

これから戦場に赴《おもむ》く王者よろしく、イシュトは毅然《きぜん》として腰を上げた。

一方、リッカは猛烈に緊張していた。

いざ寝室に入り、イシュトと二人きりになったとたん、ずっと先送りにしていた問題にぶち当たってしまったのだ。

もちろん、イシュトという人物を信用していないわけではない。

むしろイシュトには返しきれないほどの恩がある。

——イシュヴァルト・アースレイ。

この王都アリオスに、彗星《すいせい》のごとく現れた新人冒険者。

まだ冒険者証を取得してから間もないのに、すっかり有名人である。

ひょんなことから、リッカはイシュトとパーティーを組むことになった。こうして冒険者を続けていられるのも、ひとえにイシュトのおかげである。

黒魔道士としては致命的な欠点——「誤爆癖《ごばくへき》」のあるリッカを、イシュトは決して拒絶しなかった。

それどころか、仲間として受け容《うい》れてくれた。

ずっと独りぼっちだった自分に、イシュトは手を差し伸べてくれた――。

どんなに感謝しても、足りないほどだ。

ただ、イシュトが健康的な男子であることも、まぎれもない事実。

密室で二人きりともなれば、間違いが起こらないとも限らない……。

寝室には、ベッドが二台置かれている。一応、寝床は別である。とはいえ、互いのベッドの距離は、手を伸ばせば届くほど接近している。いざ消灯したら、相手の寝息だって聞き取れるだろう……。

――もし、イシュトさんが求めてきたら……ど、どどっ、どうしましょう⁉　まだ心の準備ができていません！　……いえいえ、それ以前に、女としても冒険者としても半人前のわたしには、そういうことは早すぎる気もしますし……。そもそも、イシュトさんほど偉大な人が、わたしごときを求めてくるかもしれないなんて心配すること自体が、とてもおこがましいというか、自惚《うぬぼ》れるのも大概にしろというか……。そうですよ！　イシュトさんからすれば、わたしなんて一介の従者みたいなもので！　だからこそ、あんなにもあっさりと、相部屋を承諾されたのではないでしょうか……。

そんなふうに、ぐるぐると思考を巡らせていたら、

「リッカ」

突然、イシュトが寝室にやって来た。

威風堂々とした足どりで、隣のベッドに腰を下ろす。

「あっ……ひゃいっ！」

びくんっと身体を仰《の》け反らせながら、リッカは応じた。

思わず声が裏返ってしまったので、ひどく気恥ずかしい。これでは、イシュトを強く意識しているのがバレバレではないだろうか……。

「そろそろ寝ようと思うのだが、その前に一つ、話がある。とても大事なことだ。頼みごとといってもいい」

「わっ、わたしなんかに……ですか⁉」

リッカは肩を震わせた。

思わず、ベッドの上で正座してしまう。

イシュトはゆっくりと上半身を起こすと、いつになく真剣な顔をして、リッカの顔を正面から見据えた。

目と目が合う。

「そうだ、ヘンリッカ・エストランデル――お前の心を、確かめておきたいと思ってな」

「……！」

リッカの鼓動が、とくんと跳ね上がった。

突然、フルネームで呼ばれたことにもおどろいた。

いつにも増して、今夜のイシュトは凛々《りり》しく見える。

恥ずかしすぎて、思わず目を伏せたくなったけれど、イシュトの紅い瞳《ひとみ》に魅入られてしまったかのように、視線を外すことができない……。

イシュトがなにを伝えるつもりなのか、リッカには皆目、見当もつかない。大事な話？　頼みごと？　お前の心を確かめておきたい？

一体、あのイシュトがリッカに頼むようなことが、この世に存在するのだろうか。

巨人スルトを素手で討伐したイシュトに、不可能なことがあるとは思えない。

……いや、一つだけあった！

男であるイシュトには、絶対にできないこと。


「俺の子を産んでくれ」


——……なんていわれたら、どうしましょう⁉

英雄、色を好むという格言もある。

イシュトが英雄の器であるのは、リッカの目にも明らかだ……。

そこまで考えた時点で、もはやリッカの頭は暴発寸前にまで陥《おちい》っていた。

「あっ、あのっ、イシュトさん！　わ、わたしにそんな大役は、とてもとても――」

「なにをうろたえている。落ち着いて聞くがよい」

「はっ、はい……！」

「こちらのベッドは俺の領土、そちらのベッドはお前の領土だ。わかるな？」

「……はい？」

突然、あまりに場違いな用語が飛び出したので、リッカはきょとんとした。

イシュトの意図が、さっぱり読み取れない。

「もし、どちらか一方が国境線を越えてしまったら、どうなる？　むろん戦争となる」

「戦争!?　どっ、どうして、そこまで壮大なお話になるんですか？」

リッカは卒倒しそうになった。

「落ち着け。俺としても、お前を相手に防衛戦争はしたくない」

「わっ、わたしだって、イシュトさんの領土に攻めこむつもりなんて、これっぽちもないですよ？　そんな恐れ多いこと、できるはずがありません……！」

リッカが大いにうろたえながら主張すると、イシュトは安堵《あんど》したのか、優しげな微笑を浮かべた。

「うむ。その言葉を聞いて安心したぞ。いっそのこと、正式に不可侵条約の締結を持ちかけようかとも思ったのだが」

「条約ですか⁉」

「まあ、そこまで大袈裟《おおげさ》な話でもないだろうと思ってな。国家間の取り決めならともかく、個人的な問題ならば、口約束でも構わんはずだ。というわけで、約束できるな？」

「はあ……それはもう。イシュトさんが、そうお望みでしたら」

「それを聞いて安心した。俺の話は以上だ」

イシュトは晴れやかな表情を浮かべた。

これで胸のつかえが下りた、とでもいわんばかりである。

「それでは、寝るぞ」

「はい……お休みなさい、イシュトさん」

「うむ。リッカも疲れただろう。今宵《こよい》はぐっすりと眠るがよい」

イシュトはベッドの上で大の字になると、あっという間に寝入ってしまった。イシュトらしい剛胆さともいえるが、なんというか……釈然としないのも事実だった。

「わたしって……そんなに、はしたない女だと思われていたのでしょうか？」

先刻まで、リッカが悶々《もんもん》として悩んでいた問題は、イシュトのいまいち意味のわからない言動によって、あっさり解決されたのだった。

もっとも、イシュトが珍妙な発言をするのは珍しくもないし、最近では慣れつつあったのだけど……今夜の言葉は、ひときわ珍妙だと思った。

とりあえず、イシュトの言葉から察するに、リッカに手を出すつもりは皆無《かいむ》らしい。安心といえば、安心ではあるけれど――。

「ううっ。やっぱり、釈然としないです……」

イシュトの無邪気な寝顔を恨めしげに見やりつつ、リッカは枕元《まくらもと》の灯《あか》り――いかにも高級そうな魔晶灯《ましょうとう》を消した。

――はあ～。そりゃあ、イシュトさんは規格外の冒険者ですし、女としてのわたしなんて眼中にないのかもしれませんけど……。

しばらくの間、リッカはベッドのなかで悶々として過ごしたのだが、やがて強烈な睡魔に襲われた。

そもそも、こんなにふかふかのベッドで眠るのは初めての経験だった。なんだか天使の羽にでも包まれているかのようだ。

「ふわあ……なんていうか……天国みたいです……」

睡魔に全面降伏したリッカは、深い眠りに落ちていった。

QUEST 1「いつの日か、あの大きな背中に近づいてみせます！」

1

イシュトが異世界に飛ばされたのは、大陸暦九九九年の四月中旬であった。

四月の正式名称は「花冠の月」という。その象徴神は美神アルテミシアである。レハール王国の国教は多神教であり、各々《おのおの》の月に象徴神が設定されているのだ。

ただし、イシュトが転生した四月は、偶然にも二度目の四月であった。

いわゆる閏月《うるうづき》である。

なんでも暦の誤差を修正するため、宮廷占星術師が「今年は四月を二回繰り返す」と決定したそうだ。

ちなみに、閏月の象徴神は暗黒神バルバロッサである。光明神ルミナリスとは対の存在であり、夜の闇《やみ》を司《つかさど》る。

単純に「暗黒神＝悪」と見なす説もあれば、「光には闇も必要であり、単純な悪とはいえない」と唱える説もあるそうな。

民衆の間では前者の説が有力らしく、「閏月は縁起が悪い」と見なされる風潮が強いのだという。

炎の巨人が王都アリオスを襲うなどという珍事が起きたのも、まさしく閏月の間だった。民衆の、暗黒神に対する好感度は下がる一方らしい。なお、イシュトがこの世界に漂着したのもまた、閏月だったわけで――。


そんな折、ようやく五月が訪れた。

より厳密な表現は「風籟《ふうらい》の月」である。象徴神は風神ウェンデル。

民衆の多くが五月の到来を喜び、ウェンデルに祈りを捧《ささ》げたのはいうまでもない。

イシュトとリッカもまた、新たな冒険を始めていた。

2

初夏らしい陽射《ひざ》しが、目の覚めるような新緑を輝かせている。

この日、イシュトとリッカは王都近郊のラヴィニア平原に赴いて、モンスター討伐《とうばつ》のクエストに没頭していた。

今回の討伐対象は、トルネード・ボアという。

イノシシの成体に似たモンスターだ。風属性に特化しており、その名の通り、疾風のごとく猛進する習性がある。

このクエストの推奨レベルは「5以上」に設定されている。5といえば、初級を卒業し、中級冒険者に仲間入りできるレベルだ。

トルネード・ボアは機動力と耐久力に優れており、単体でもそこそこの難敵である。その上、ラヴィニア平原に棲息《せいそく》しているボアたちは、基本的には群れをなしている。ボアの群れがいっせいに平原を駆ける様子は、波濤《はとう》に喩《たと》えられるほどである。

本来ならば、平均レベルが1・5のパーティーに回ってくるようなクエストではないのだが、なにぶんイシュトは特殊である。

――レベル0

前代未聞のレベル値であり、それがなにを意味するのかは不明だが、初めてパーティーを組んだ結果、平均レベルを大幅に下げてしまうという、なんとも迷惑な特性が判明してしまった。とはいえ、イシュトにはドラゴンや巨人を素手で討伐したという実績がある。実質的なレベルは不明だ。

なお、「5以上」というのは、あくまでも「推奨レベル」であって、ギルドが定めた目安にすぎない。レベルが満たないからといって、受注できないという規則はない。

最終的に、受注希望者たちの間で抽選が行われ、イシュトたちが受けることに決まった。

イシュトが立てた作戦は、次の通り。

まずはイシュトが囮《おとり》となって、群れをなすモンスターを誘導、一カ所に集める。そして、リッカの黒魔法で一網打尽にする。リッカの修行にもなるので、一石二鳥といえる。

……というわけで、目下、イシュトは囮役に徹していた。すでに五十匹ほどの群れをなしているトルネード・ボアを挑発しつつ、平原を駆け抜ける。

ただただ逃げるイシュト。

砂煙を朦々《もうもう》とあげながら、猛然と追いかけてくるモンスターの大群。

「ふっ。なかなかの猪突猛進《ちょとつもうしん》ぶりだな。俺の祖国で出会っていたなら、魔王軍で戦術兵器として使っていたところだが」

イシュトは好戦的に笑うと、ますます速度を上げていく。

時間を稼げば稼ぐほど、敵の数も徐々に増していく。

この地域に棲息するトルネード・ボアが出尽くした時点で、待機中のリッカに合図を送る予定だった。

3

「相変わらず、とんでもない人です……」

同時刻。小高い丘の上で、リッカは目をみはっていた。

リッカはハーフエルフだ。純血のエルフには劣るものの、常人よりも視力や聴力が格段に優れている。おかげで、イシュトの様子を克明《こくめい》に観察できる。

いまや眼下の平原は、戦場の様相を呈していた。

トルネード・ボアの大群は、まさしく一国の騎馬隊に匹敵《ひってき》する迫力がある。こうして眺めていると、まるで、戦場を俯瞰《ふかん》する宮廷魔道士にでもなったような気分だった。

もっとも、その大軍勢と渡り合っているのは、イシュトだけだ。彼がその気になれば、モンスターの大群など指先一つで倒せるはずだが、いまはひたすら逃げ回っている。

もちろんリッカのためだ。誤爆癖を矯正するためには、反復練習あるのみ。それがイシュトの意見なのである。

おどろくべきは、イシュトの移動速度だ。

現実的に考えて、トルネード・ボアと追いかけっこをしようなどと考える冒険者はいない。どれほど自分の走りに自信があろうと、相手が悪すぎるのだ。

トルネード・ボアの肉体は、風属性を帯びている。進撃の際は、無意識に風属性の補助魔法を使い、自身の速度を大幅にアップさせているという説もある。

　こちらも支援魔法などを使えば、張り合うことは可能だが、あまりにも危険が大きい。魔法効果が切れた瞬間に肉迫されたら、無惨《むざん》に蹴《け》散らされるか、踏みつぶされるだけである。

「本当に、とんでもない人です……」

　もう一度、リッカはつぶやいた。

　支援魔法に頼ることなく、純粋に自分の脚力だけでトルネード・ボアと勝負しているイシュトは、まさしく規格外としかいいようがない。

　それはともかく——もう充分にモンスターは出そろったと思う。

　そろそろイシュトが合図を送る頃合《ころあ》いだろう。

　リッカは緊張気味に、愛用の杖《つえ》を握りしめた。

　すでに呪文の詠唱は終わっている。

　あとは結句を唱えるだけで、いつでも初級魔法のファイアボールを撃つことができる。

　そのとき、リッカの脳裡《のうり》にイシュトの声が鋭く響いた。

『いまだリッカ！　撃て！』

　イシュトの念話だった。

　と同時に、イシュトは地面を蹴った。ずがん！　と大地が鳴動したかと思うと、鳥のように空を舞っている。

一瞬、その常人離れした身体能力に目を奪われそうになったが、せっかくイシュトがつくってくれた好機を逃すわけにはいかない！

あふれんばかりの魔力が、身体の奥からどんどん湧《わ》いてくるのがわかる。

なんだろう。今日はとても調子がいいような気がする……！

「その偉大なる輝きをもって、我を扶《たす》けたまえ――ファイアボール！」


空高く舞い上がったイシュトは、はるか眼下に炸裂《さくれつ》したファイアボールを眺めつつ、会心の笑みを浮かべた。

まさしく一網打尽。

リッカの放ったファイアボールは、ラヴィニア平原の中央部に隕石《いんせき》のごとく降下した。

耳をつんざく轟音《ごうおん》が、大気をびりびりと震わせる。

モンスターの大群は、巨大な火の玉に一瞬で丸呑《まるの》みにされてしまった。

「やったな、リッカ。この作戦ならば、もはやお前は誤爆を恐れることなく――……ん？」

ようやく上昇から降下へと移行しつつあったイシュトは、眉《まゆ》をひそめた。

「なっ！　これは……!?」

イシュトは瞠目《どうもく》した。

あろうことか、モンスターを呑みこんだファイアボールは、なおも膨張を続けているではないか。

イシュトの目には、もはや火の玉というよりも、太陽のミニチュア版のように映った。

「なっ、なんだと!?　おわあああああっ……！」

まるで勇者に討伐された魔王よろしく、イシュトは断末魔の叫びをあげながら、地獄の業火に呑みこまれていった――。

4

「……ふう。さすがの俺も焦《あせ》ったぞ」

街道を歩きつつ、イシュトは溜息《ためいき》をついた。

幸いにも無傷で済んだし、衣類が焼け焦《こ》げることもなかった。イシュトが自然と体得していた防御スキルのおかげである。

「あうう……ご無事で本当に良かったです。イシュトさんがファイアボールに呑みこまれた瞬間なんて、心臓が止まるかと思いました……」

リッカは平身低頭している。

「相変わらず、ファイアボールなんてレベルじゃなかったが……」

「ごめんなさいごめんなさいごめんなさい！　どんな罰でも受ける覚悟はできています……イ

シュトさんの気がすむまで、お仕置きしてください！」

「おい、リッカ。声が大きい……あらぬ誤解を受けるだろうが」

ここは街道だ。いまも様々な職業の人々が行き交っている。王都に直結している街道だけあって、商人の姿が特に多いように見える。

案の定、リッカの言葉を聞きつけた通行人たちは、ちらちらとこちらの様子をうかがい始めた。

「……すみません」

たちまちリッカは赤面した。

「もういい、気にするな。そもそも、お前は俺の作戦に従っただけだから、なにも悪くはない。むしろ、お前の魔力を甘く見た俺の責任だろうな……いや、ちょっと待てよ？」

イシュトはリッカを振り返った。

「おい、リッカ。アルナの森で、お前が誤爆したときのことを覚えているか？」

「もちろんです！　イシュトさんと一緒に受けた、最初のクエストですし」

「あのときのファイアボールも強烈だったが、今回のは桁違《けたちが》いだったぞ。ひょっとして、お前の魔力が飛躍的に成長しているのではないか？」

「あ……はい。実はですね、ここ最近、身体の調子がとても良くて、魔力がどんどんあふれてくる感じなんです。もしかしたら、『エインゼルの実』の効果が少しずつ表れてきたのかもしれません」

「……ふむ。精霊エインゼルが俺に献呈した、あの実か。結局、どんな効能があるのかは、わからずじまいだったな」

「はい。ですが、レベル1がレベル3になっただけでは、ここまで飛躍的に魔力がアップするとは思えませんし……やはり、あの果実がなんらかの影響を及《およ》ぼした可能性が考えられます。それに、巨人スルト戦で使ったブリザードにしても、いま思えば破壊力が強すぎた気もします。あのときは必死でしたから、あまり深くは考えませんでしたけど」

「なるほど、一理あるな。あの頃から、すでに効果が現れていたのかもしれん。しかし、だ……あの果実なら俺も食したが、特に変化は感じないぞ？」

イシュトが疑問を口にすると、リッカは困ったように微笑《ほほえ》んだ。

「おそらく、イシュトさんは基本的な能力値が高すぎて、あの実を半分食べたくらいでは、なにも変わらないのではないでしょうか。あくまでも、わたしの推測にすぎませんけど」

「……そうかもしれんな。まあ、俺のステータスが上がらなかったとしても、『エインゼルの実』の価値が下がるわけではない」

イシュトは微笑した。

「そう……あの摩訶《まか》不思議な体験こそが、掛け替えのない宝だったのだから」

そこまで告げてから、イシュトは羞恥心《しゅうちしん》に襲われた。

少しばかり顔が熱い。俺としたことが、さすがに、いまのは気障《きざ》ったらしい言葉だったかしれんな……と、反省したのである。

一方、リッカはイシュトの言葉を素直に受けとめていた。感動さえしていた。

――イシュトさん……わたしも、あの不思議な体験は一生忘れません！

うるうると瞳《ひとみ》を潤ませつつ、イシュトの背中に熱い眼差《まなざ》しを送る。イシュトは気づかずに、無言で前を歩いているが。

――いまはまだ、へっぽこ黒魔道士にすぎませんが……いつの日か、あの大きな背中に近づいてみせます！

リッカがひそかに決意した、まさにそのときだった。

「はあ、はあ、はあ……」

突然、不気味な吐息とともに、街道の脇《わき》に生い茂る草叢から、ザザッと音がした。

と見る間に、何者かの手がニュッと伸びてきて、リッカの足首をむんずと握りしめた。

「ひっ⁉」

あまりの不気味さに、リッカの全身から血の気が引いていった。

5

「リッカ？　どうかしたのか？」

異変を察知したイシュトは、素早くリッカを振り返った。

「イシュトさん……」

いまのリッカは、膝頭《ひざがしら》がガクガクと震えているし、顔面は蒼白《そうはく》だ。

「おい、顔色がひどく悪いぞ？」

つい先ほど、「身体の調子がとても良くて……」と嬉《うれ》しそうに語っていたというのに、なにがどうしたというのか。

周囲の通行人たちは、急に立ち止まったイシュトとリッカを怪訝《けげん》そうに見やったものの、すでに王都は目前である。わざわざ厄介事に首を突っこもうなどという、奇特《きとく》な者はいなかった。

「わっ、わたしの足元を見てください。だれかが足を……」

「ん？」

イシュトは目を細めると、リッカの足元に視線を走らせた。

「……むう。たしかに」

さすがのイシュトも不気味に思った。

リッカの左足首を、人間の手が握りしめているのだ。

その泥まみれの手は、街道脇の草叢《くさむら》からニュッと突き出ていた。なんともシュールな光景だった。

と、そこから不気味な吐息と、呪《のろ》わしげな声が聞こえてきた。

「はあ、はあ……死ぬ……このままだと、確実に……死んじゃいます……だ、だれか……助けて……」

「なんだ、物《もの》の怪《け》の類か？　なにやらぶつぶつと洩らしているようだが」

「たっ、助けてください、イシュトさん……！　もしかしたら、これが噂《うわさ》に聞く死神かもしれません！　わたし、〝死の宣告〟を受けてしまったのかも……！」

と、涙目になって恐怖するリッカ。

このままだと、また我を忘れて誤爆しまうかもしれない。

しかし、敵らしき存在は、リッカの足元に潜んでいるのだ。下手に黒魔法を使えば、誤爆どころか自爆になるのは必至である。

そもそも、いくらなんでも真っ昼間から死神が現れるとは考えられないし、そう簡単に神なんぞが現れてなるものか、とも思う。

「いいか、リッカ。俺がついているから、絶対に魔法は使うなよ？　俺がそばにいる限り、なにも恐れる必要はないからな」

「イシュトさん……」

「大丈夫だ。俺がお前を守る」

「は……はい……！」

傍《はた》から見れば微笑ましい光景かもしれないが、イシュトとしては、機巧《からくり》仕掛けで作動する爆発《ばくはつ》物の解体にでも従事しているような気分だった。

現状、いちばん危険なのは、正体不明の「手」よりも、恐怖のあまり暴発しかねないリッカのほうなのだ……。

ようやくリッカが落ち着いたので、イシュトは「手」に語りかけた。

「おい、そこのお前。だれだか知らんが、さっさと手を離せ。俺は気が短いのでな。三秒以内に離さんと——その腕、切り落とす。三、二、一……」

「おっふ！　それだけは勘弁してくださいっ！」

と、やけに子どもっぽい声が響いたかと思うと、即座に手は引っこんだ。

どうやら、イシュトの脅しが効いたらしい。

6

「ぜえ、ぜえ……」

荒い呼吸を繰り返しつつ、何者かがもぞもぞと草叢から這《は》いでてきた。

意外にも、まだ幼さを感じさせる少女だった。左右で結った髪型が、その顔を余計にあどけなく見せている。種族はヒューマンだろう。

古典的なエプロンドレスを着用している。頭には帽子。ファッションというよりは、なんらかの職業を意味する制服のように見えた。もっとも、草叢に潜んでいたのだから当然だが、せっかくの衣装も泥だらけだ。

ひどく憔悴《しょうすい》している様子である。かれこれ何日も、戦闘フィールドを探検していたかのようにも見えた。

そんな少女の、いちばんの特徴といえば——その小柄な身体に似合わぬほどの、大きなバッグであろう。

一体、なにを詰めこんでいるのかは不明だが、悪目立ちしている。

「なんだ、まだ子どもではないか。とはいえ、あのような悪戯《いたずら》は感心しないぞ」

イシュトが諭《さと》すようにいうと、

「こっ、子どもじゃないですっ！　あたしだって、れっきとした冒険者で——……」

威勢良く反論しようとした矢先、少女はその場でくずおれてしまった。

「おい……大丈夫か？」

見ず知らずの相手とはいえ、年端《としは》もゆかぬ少女だ。なにやら訳ありのようでもある。本人の言葉を信じるなら「冒険者」らしいが……？

「どうしましょう？　もし怪我《けが》をしているなら、早く王都のお医者様に診てもらわなくちゃいけませんし……」

少女のそばにしゃがみこんで、その顔を覗《のぞ》きこむリッカ。

「やむを得ん……王都まで運んでやるか。このまま野垂れ死なれたりしたら、いくらなんでも寝覚めが悪い」

イシュトは溜息をつくと、少女の脇にかがんだ。

その小柄な身体は、まるで小動物を彷彿《ほうふつ》とさせる。イシュトの腕力なら、いちいち背負うまでもない。難なく小脇《こわき》に抱えることができた。

一方、少女が携えていたバッグは、リッカが持ってくれた。無駄に大きなバッグだが、リッカは軽々と持ちあげてみせた。中身はほとんど空っぽらしい。

と、まだかすかに意識が残っていたらしく、少女の乾いた唇から、無念そうな言葉がこぼれ落ちた。

「ううっ、あたしと……したことが……一生の不覚です……」

「大丈夫ですか⁉」

リッカが心配そうに尋ねると、少女はうわごとのようにつぶやいた。

「ふにゅう……も……もうダメ……です…………」

「おい、しっかりしろ。どこか痛むのか？」

さすがに、イシュトも心配になった。

「お、おっ……」

「お？　なんだ、なにがいいたい？」

「お腹《なか》が減って、死にそうです……」

少女は蚊の鳴くような声で告げると、がくっと虚脱してしまった。

QUEST 2 「あたしの目標は、この王都で道具士の存在意義を認めさせることです！」

1

――冒険者ギルド王都支部、一階。

王都アリオスを拠点とする冒険者なら、必ずお世話になる場所である。

一階フロアは、主に三つの区画に分かれている。

受付カウンター、掲示板、そして食堂。午後四時頃という、中途半端《ちゅうとはんぱ》な時間帯だからだろう、どこの場所も人影は少なめだった。

「帰ったぞ、エルシィ」

「お帰りなさい、イシュトさん」

イシュトは受付カウンターを挟んで、担当官のエルシィ・ノワと対面した。

今日もブロンドの髪を丁寧に結いあげ、ギルドの制服を着用したエルシィは、その美貌《びぼう》と笑顔、そして仕事ぶりから、冒険者の間でも人気らしい。

まずはクエスト達成の報告をして、規定の報酬を受け取った。

「お仕事、順調ですね。とても新人さんとは思えない報酬額ですよ」

「危うく、リッカのファイアボールに呑みこまれるところだったがな……」

「リッカさんのステータス、急激に成長しているみたいですね。先日の戦いでレベルが1から3にアップしたとはいえ、ちょっと成長速度が速すぎる気もします。特に魔法攻撃力が突出していますね」

さすがはエルシィ、鋭い指摘だった。とはいえ、「エインゼルの実」について口外するわけにはいかないので、

「まあ、あいつの才能だろうな」

と、イシュトはしらばっくれた。

「それに、あいつは半分だけとはいえ、エルフの血を引いている」

「そうですね。あの誤爆癖さえ克服できれば、将来有望だと思いますよ」

「うむ、俺も期待している。ところでエルシィ。一つ、聞きたいことがあるのだが」

「なんでしょうか?」

「あの子どもを知っているか？　ほら、リッカと一緒にいるだろう。見るからに小生意気な感じで……」

イシュトは背後の食堂に視線を走らせた。街道で拾った少女は、窓際《ぎわ》のテーブル席にちょ

こんと座っている。先ほどまでの衰弱ぶりはどこへやら、復活を遂げていた。

「うまーっ！　こんなご馳走《ちそう》、久しぶりです……！」

目の前の料理を次々と口に放りこんでは、子どものような歓声をあげる。その勢いときたら、まるで猪突猛進《ちょとつもうしん》するトルネード・ボアのようだった。隣席のリッカは目を丸くしながら、少女の食べっぷりを見守るばかり。

「道端でぶっ倒れたものだから、やむを得ず拾ってやったんだがな。よほど腹が減っていたようで、まだ詳しい話は聞けていないのだが――」

「あの子は、まさか……！」

と、エルシイが瞠目《どうもく》した。

「知っているのか？」

「道具士のミラブーカさんです！　良かった、無事だったんですね……！」

「ふむ。冒険者というのは事実らしいな」

「実はミラブーカさん、アイテムを配達するだけの初級クエストを受注されたのですが……王都を出発してから間もなく、消息を絶《た》ってしまわれて」

「は？」

「かれこれ一週間ほど、行方《ゆくえ》不明の状態が続いていたんです」

「初級クエストで遭難するとは……ある意味、器用なやつだな」

「ミラブーカさんを保護してくださって、ありがとうございます。お手柄ですよ、イシュトさん」

「礼には及《およ》ばん。偶然、拾っただけだからな」

「実は『遭難した道具士の捜索』と題されたクエストも発注されていたのですが、晴れて解決ですね。こちらの報酬も、ちゃんとお支払いしますので」

「正式に受注したわけでもないのに、構わんのか？」

「ふふっ。わたしからのサービスです。受注していたことにしておきます」

エルシィは声を潜めると、悪戯《いたずら》っぽく微笑《ほほえ》んだ。なんというか、エルシィとの距離感が近くなったように感じられた。

「ありがたく受け取っておこう」

イシュトは遠慮なく、エルシィの厚意に甘えることにした。

「先日の巨人襲撃事件以来、イシュトさんとリッカさんの評判は鰻《うなぎ》登りですよ。是非、この調子で頑張ってくださいね。お二人《こ ご》の担当官として、わたくしも鼻が高いです」

「勇者扱いされるのだけは、懲り懲りだがな……」

イシュトは顔をしかめた。

「あっ、そうそう。せっかくリッカさんとパーティーを組まれたのですから、是非、パーティー名を考えておいてくださいね。登録させていただきますので」

「パーティー名？　たとえば『銀狼騎士団《ぎんろう》』みたいなやつか？」

「はい、そうです。やっぱり名前があるほうが、なにかと便利ですし」

エルシィはにっこりした。

「そういうものか。では、考えておこう」

イシュトは鷹揚《おうよう》にうなずくと、食堂フロアにむかった。

2

「おいしいですっ！　ううっ、焼きたてパンをお腹《なか》いっぱい食べられる日が来るなんて……感激ですよ！」

相変わらず、ミラブーカは怒濤《どとう》の勢いで食事を続けている。まだお子様らしい、豪快な食べっぷりだ。淑女の恥じらいとは無縁だった。

ちなみに、全身泥だらけという格好は、一般的な食堂だと追いだされても文句はいえないのだが、ここは冒険者ギルド内の店だ。そこらへんは大らかだった。

「お腹いっぱい、食べてくださいね。ケーキもありますよ」

「ありがとうございます、リッカさん……もぐもぐ……」

「ところで、カネはあるのか？」

イシュトは尋ねつつ、ミラブーカの向かい席に陣取った。

「へっ？　あるわけないじゃないですか」

ほっぺたにクリームをくっつけたまま、ミラブーカはけろりとして答えた。

「……そうか」

客観的に見て、イシュトの奢《おご》りになりそうだった。

「そういえば、エルシィから聞いたぞ。お前が受けた配達クエストは、どうなった？」

「ああ、あれですか。失敗しました」

「なに？　もう失敗は確定済みなのか。で、配達品はどうした？」

「その……運悪く遭遇したモンスターが、しつこく追いかけてきて……」

ミラブーカはしょんぼりとして、肩を落とした。

「そいつは残念だったな。奪われてしまったか」

「いえ。木に登ってモンスターをやり過ごそうとしていたとき、とてつもない空腹に襲われまして……お腹の音をモンスターに聞きつけられたら、洒落《しゃれ》にならない——という事態に陥《おちい》りました」

「……それで？」

「あたしの糧食は、すでに尽きていました。でも、一つだけ……残っていたんです」

「まさかとは思うが……配達品か？」

「はい。名前は忘れましたけど、ものすご～く高級なフルーツでした。いやもう、美味《おい》しかったですよ！」

「…………」

イシュトは沈黙した。

なんだろう？

この図太さ、そして、逞《たくま》しさは。

かつてイシュトを散々に悩ませた、あの宮廷女官たちと同じタイプかもしれない。

イシュトは改めて、ミラブーカを眺めやった。

両サイドで可愛《かわい》らしく結った髪。子猫のようにくりっとした双眸《そうぼう》。大海原のような紺碧《こんぺき》をたたえた瞳《ひとみ》。悪戯っぽい笑みをたたえた唇。そして、まだまだ発展途上を思わせる小柄な肢体……。

見た目だけなら、可憐《かれん》な女の子なのだが――。

――いかん。こいつはきっと、俺の苦手なタイプだ……！

イシュトは強烈な警戒心を抱いたのだった。

腹がふくれたところで、ミラブーカは改めて自己紹介をした。

「ええと、あたしはミラブーカ・ステルヴィオっていいます。生まれは港湾都市ヴェローナで、十四歳です」

「ミラブーカ……改めて聞くと、ユニークな名前だな」

「お祖父《じい》ちゃんが古代語の辞書を調べながら、考えた名前らしいです。あたしは正直、アンジェリカとか、シャーロットとか、もっと可愛《かわい》い名前がよかったんですけどね……」

「いやまあ、個性的なお前には似合っていると思うぞ。ミラブーカ、ミラブーカ……うむ、愛称はミラブーにしよう」

「やめれーっ！　思い出したくもない過去が甦《よみがえ》るわあっ！」

と、ミラブーカは血相を変えて叫んだ。

「そうなのか？」

「この変わった名前のせいで、男子から妙にからかわれることが多かったんですよ。ひどいときには『ミラ豚』とか『ミラブーブー』とか呼ばれたりして……」

「そっ、それはひどい仕打ちです！　変な渾名《あだな》を付けられる苦しみは、わたしにもよくわかります……！」

と、リッカが涙ぐみながら力説した。

王都の冒険者たちの間で、リッカは「誤爆エルフ」として知られる存在だ。最近では、あの巨人襲撃事件での活躍をきっかけに、「冷やしエルフ」という渾名に変移したばかりでもある。

「それでは、わたしは『ミラちゃん』と呼んでもいいですか？」

リッカが提案すると、

「それ可愛い！　全力で採用させてもらいますよっ！」

ミラブーカは感涙を浮かべて、リッカの両手を握りしめた。

「そういえば、ミラちゃんは冒険者になってから、どのくらいになるんですか？」

リッカが尋ねると、ミラブーカは得意げに答えた。

「ふっふっふ。こう見えて、冒険者証を取得したのは二年前ですよ」

「ええっ⁉　そんなに早かったんですか！　冒険者としては、わたしよりも先輩なのですね……びっくりです」

リッカはミラブーカをまじまじと見つめた。

「いえいえ、それほどでも。恥ずかしながら、まだレベル1ですし」

「へっ？」

リッカは意外そうな顔をした。

「それだけキャリアを積んでいるなら、どうして道具士なんか続けているんです？　さっさとジョブ・チェンジしたほうが、もっと効率よく成長できるかと――」

「なんですとぉーっ⁉」

突然、ミラブーカは立ちあがった。その拍子に、椅子を豪快に倒してしまったので、大きな音が響く。当然ながら、周囲の客たちの注目を集めてしまった。

「リッカさん！　あっ、あなたは、なんという暴言を……！」

極限まで開いた両眼を血走らせながら、リッカに肉迫するミラブーカ。

「えっ？　あのっ……わたし、なんで責められてるんですか⁉」

リッカはたじたじとなっている。

「まさか、あなたも道具士という崇高な職業を、魔道士になるための踏み台だと認識しているのですか⁉　そういえば、まだリッカさんのジョブを聞いていませんでしたね！」

「ええと、わたしは黒魔道士です」

「ということは、冒険者になりたての頃は、リッカさんも道具士だったはずですよね？」

「ええ、まあ。一ヶ月くらいで、黒魔道士に転職しましたけど」

「むきーっ！　リッカさん、優しい人だと思っていたのに、あなたまでが道具士の敵だったなんて！」

地団駄《じだんだ》を踏んで悔しがるミラブーカ。

一体全体、なにに腹を立てているのか、イシュトには理解不能だった。リッカも同じ思いらしく、ぽかんとしている。

「おい、ミラブー。とりあえず、落ち着け」

イシュトは手元に置かれていたケーキを無造作につかむと、ミラブーカの口に押しこんでやった。

「ふごっ⁉　……もぐもぐ……ふにゅう、おいしいです〜」

ただの思いつきだったが、イシュトの戦術は功を奏した。

たちまち、ミラブーカは大人しくなったのである。

3

「それで……一体、なにがお前の逆鱗《げきりん》に触れたというのだ?」

イシュトが尋ねると、ミラブーカは不機嫌そうに口を開いた。

「うちは先祖代々、道具士の家系なんです。道具士というジョブに誇りを持って、数多くの冒険者をサポートしてきました。ですが……いつの時代も、道具士というジョブは軽んじられていました。有り体にいえば、どいつもこいつも道具士を蔑《さげす》んでやがるんですよ!」

「まあ、そうかもしれんな」

イシュト自身、道具士というジョブを意識したことなど、ほとんどなかった。

たしか王立冒険者養成校に入学した当日、

——最初は見習騎士か道具士、どちらかを選択せよ。

といわれたが、それっきりである。

ある意味、恐ろしく影の薄いジョブといえるだろう。

そもそも、具体的にどのようなジョブなのかも、よくわからない。

なんとなく、アイテムの専門家というイメージがある程度だ。

この異世界に手っとり早く適応するため、脳内に構築した『異世界百科《リザレグ＝ガイナ》』を使おうかとも思ったが、あれはあれで魔力を少しばかり消費するので、いちいち「道具士」を検索するのももったいない気がした。

……そこまで考えて、ドキリとした。

かくいう自分もまた、無意識に道具士を軽んじていることに気づいたのである。冒険者ギルドに蔓延《まんえん》している空気に、いつの間にか染まっていたのかもしれない。

「いいですか！　あたしの目標は、この王都で道具士の存在意義を認めさせることです！　道具士が踏み台扱いされないような時代を築きたいんです！　そして、いつの日か世界最強の道具士になって、伝説級のクエストに参加するんです！　そもそも我がステルヴィオ家の歴史は、美しく青き大海原に臨み、『アリシア海の真珠』と謳《うた》われた港町ヴェローナに始まるのですが――」

頰《ほお》を紅潮させつつ、力説するミラブーカ。

つい先ほど、街道で行き倒れになっていた少女と同一人物だとは思えない。

と、そのとき――ウェイトレスの一人が、頰をヒクヒクと引き攣《つ》らせながら、イシュトたちのテーブルにずんずんと近づいてきた。

「あのう。他のお客様の迷惑になりますので、もう少しお静かに……」

ウェイトレスはそれだけを伝えると、足早に立ち去った。

「むきーっ！　あたしが道具士だからって、バカにして……！」

「いや、いまのはミラブーが全面的に悪い。道具士はこれっぽっちも関係ない。むしろ、お前自身が道具士の価値を下げているのではないか？」

イシュトはきっぱり断言すると、カップに残っていた珈琲《コーヒー》を飲み干した。

「イシュトさん……」

と、ミラブーカは上目遣《うわめづか》いになって、イシュトをじっと見つめてきた。

「なんだ。俺の正論に感激したか？」

「正論すぎて反論の余地がなさすぎるため、なんだか無性に腹が立ってきたところです」

「ふむ、自分自身に対してか？　それは良いことだ」

「いいえ、イシュトさんに対してです！　女子にむかってそんな発言ばかりしていると、絶対にモテませんからねっ！」

「ふっ。問題ない。お前は女子というより、まだお子様だからな」

「あーっ！　いま鼻で笑いましたね⁉　将来、あたしが絶世の美女になったとき、後悔しても知りませんよ！」

「そう興奮するな。またウェイトレスが来るぞ？」

「ぐぬぬ……」

ミラブーカは頬をぷっくりふくらませると、すっかり不貞腐《ふてくさ》れてしまった。

4

「さあ、ミラちゃん。遠慮せずに、召しあがってくださいね」

リッカが新たな焼き菓子と紅茶を注文してやると、

「ふわあああっ！」

あっという間に、ミラブーカの機嫌は直った。食べ物に釣られるところなど、典型的なお子様だな……とイシュトは思ったが、いちいち指摘するのは大人げないので自重《じちょう》した。

「ところで、お二人に質問があります。騎士見習いのイシュトさんに、黒魔道士のリッカさん――見たところ、パーティー・メンバーはお二人だけのようですが？」

と、ミラブーカは真面目《まじめ》な顔で尋ねてきた。

「ああ、そうだが。なにか問題が？」

イシュトは素《そ》っ気《け》なく応じた。

「いくらなんでも、バランスが悪くないですか？　一方は物理攻撃、もう一方は魔法攻撃が専門ですよね。攻撃は最大の防御という言葉もありますけど、攻撃に特化しすぎだと思います」

「それは、わたしも思っていました。ただ、イシュトさんがお強いので、いまのところは支援役がいなくても、なんとかなっている感じです」

と、リッカが苦笑まじりに答えた。

「へえ。イシュトさんって、そんなに強いんですか？」

と、ミラブーカがイシュトの顔をじっと見つめてくる。

「なんだ、お前。この俺を知らんのか？　別に誇るようなことでもないが、巨人スルトを討伐《とうばつ》したのは俺だ」

「えっ！　じゃあ、イシュトさんが王都の危機を救った、あの超大型新人なんですか⁉　てっきり、たまたま名前が同じってだけの、残念な人かと思っていました」

「なにげに失礼なやつだな！　で、俺たちのバランスがなんだって？」

「お二人のバランスを調整するためにも、道具士が役に立つと思うんです！　世間では回復魔法が使える白魔道士ばかりがもてはやされていますけど、道具士だって捨てたものじゃありませんよ。優れた道具士は、下手な白魔道士よりもよっぽど頼りになるんです！」

イシュトは少しばかりおどろかされた。ここに来て、ミラブーカが自分を売りこんでくるとは予想外だったのだ。しかも押し売り専門の商人よろしく、弁舌もさわやかである。

純朴なリッカなどは、「うんうん」と何度もうなずいている。きっとリッカは詐欺師にだまされやすいタイプだな……と、イシュトは確信した。

もちろん、イシュトに舌先三寸などは通用しない。あくまでも冷静にミラブーカの言葉を分析するのみだ。

たしかに、ミラブーカの説にはうなずける部分もある。集団戦闘において、支援役を増やすのが有効なのはいうまでもない。

だが、問題なのは道具士というジョブについてだ。

そもそも、本当に役立つジョブであれば、もっと道具士の人口が増えるはずではないか。

冒険者ばかりが集まる、この食堂をぐるりと見渡しても……騎士や魔道士はすぐに見つかるが、道具士らしい人物はミラブーカだけである。冒険者の服装は自由だが、やはりジョブに応じて、ある程度の傾向は見られる。ミラブーカと同様の服装をしている者は、悲しいくらいに皆無だった。

そもそも道具士を仲間にしたとして、ちゃんと戦力になるのだろうか。戦力としてはイマイチだからこそ、踏み台扱いされてしまうのではないだろうか。

もちろん、そんなことを口にしようものなら、ミラブーカが再びキレるのは目に見えているので、あえて黙っているのだが。

……それと、もう一つ問題がある。

見た目こそ愛くるしい少女だが、ミラブーカの性格ときたら、かなり面倒臭そうな印象がある。ひょんなことから知り合ってしまったが、やはり距離を置いた方がよいのではないだろうか……要するに、イシュトが苦手とするタイプなのである。

「悪いが他を当たってくれ。現状、俺とリッカだけで問題はないし、そもそもメンバーを増やす予定も――」

と、突然、ミラブーカが泣き崩れたので、さすがのイシュトも面食らった。

「うわあああん！」

「おい、腹でも痛むのか？」

「あうあう……実はあたし、どこのパーティーにも入れてもらえなくて、ずっと独りぼっちだったんです……！　そもそも、王都の人々は人情味に欠けてませんか？　どこへ行っても道具士は見下されてばかりですし！　どこかのパーティーに加入しなければ、まともなクエストは受注できないんです！　このまま極貧生活が続けば……いずれは冒険者の資格を失ってしまいます！　せっかく憧《あこが》れの王都に出てきたのに、またヴェローナみたいな魚臭い港町に逆もどりですよぅ……！」

イシュトは溜息《ためいき》をついた。

「お前、さっきはヴェローナを『アリシア海の真珠』だと誇ってなかったか？　そもそも、そんな安っぽい泣き落としに、だれが引っかかると思って――」

「ううっ、ミラちゃんも大変だったのですね！　そうなんです！　駆け出しの冒険者が生きていくには、王都はあまりにも厳しいんです！　都会は本当に残酷です！　わかります！　わかります！　わたしだってイシュトさんに出会っていなければ、今頃《いまごろ》どうなっていたことか……」

純朴なリッカは、すっかりミラブーカに感情移入してしまっていた。事実、リッカもイシュトと出会うまでは孤立していたので、ミラブーカの気持ちが痛いほどわかるのだろう。

「イシュトさん。わたし、ミラちゃんを他人だとは思えません！　この子はきっと、わたしと同じタイプの子なんです！　是非とも、仲間になってもらいましょう！」

「むう……」

イシュトは意外な感に打たれた。

あの引っ込み思案なリッカが、こんなにもはっきりと自己主張をするとは――。

「普段は大人しいリッカに、そこまでいわせるとはな」

「すっ、すみません……」

「一つ忠告しておくがな。お前の誤爆癖は、まだ治っていない。最悪、ミラブーを巻き添えにする可能性だってあるぞ？」

「そっ、それについては……努力します！」

「努力だけでどうにかなるなら苦労はしないが……まあ、いいだろう。お前の心意気に免じて許可する」

「ありがとうございます！　良かったですね、ミラちゃん！　これで、わたしたちは同じパーティーですよ！」

「ふわあああっ……！　感謝ですリッカさん！　あたし、だれかとパーティーを組むのは初めてですよっ！」

ひしと抱き合うリッカとミラブーカ。

一見、微笑ましい場面に見えないこともないが——次の瞬間、リッカの肩ごしに、ミラブーカがちらりとイシュトを見た。

そして——にやり、と勝ち誇った笑みを浮かべたのである。

「…………」

まだ十四歳だというが、本当に図太いやつだな……と、イシュトは呆《あき》れた。

とはいえ、リッカの感動に水を差すのも忍びないので、余計なことをいうのはやめておいた。

それに、ミラブーカの大袈裟《おおげさ》な自分語りも、あながち嘘八百《うそはっぴゃく》というわけではなさそうなのだ。

ミラブーカが貧困生活を余儀なくされていたのは事実だろう。レベル１の道具士が、ソロでちまちまと初級クエストをこなしているだけでは、日々の糧《かて》を得るのがやっとだったと思われる。

「じゃあ、俺はエルシィに伝えてくる」

イシュトは肩をすくめると、席を立った。

5

「えっ……ミラブーカさんを仲間に？」

　エルシィは目を丸くして、イシュトを見つめた。

「うむ。正直、俺自身は気が進まないのだが……リッカが『どうしても』と頼みこんできたのでな。実際問題、あのままソロ活動を続けたところで、先が思いやられるだけだ。また遭難でもされたら寝覚めが悪いしな。というわけで、俺の麾下《きか》に加えることにした」

　イシュトが苦々しげに告げると、

「…………」

　エルシィは複雑な表情を浮かべた。てっきり、例の完璧《かんぺき》な笑みを浮かべて承諾してくれると思っていたのだが。

「なんだ。なにか問題でもあるのか？」

「実は先ほど……当ギルドの職員で、ミラブーカさんの担当を務めていた者が『もう担当を降りる』といいだしまして……」

「どういうことだ？」

「ジョブ・チェンジを勧める担当官と、道具士にこだわるミラブーカさんは、以前から折り合いが悪く……その上、例の配達クエストを失敗したことで、限界を感じたそうです」

「なんというか、担当官の苦労が目に浮かぶようだな」

「そうなんです。ついでにいえば、ミラブーカさんの担当官は、すでに二回も交代しています。

ミラブーカさん、実は担当泣かせな冒険者でして……」

「ふむ。その担当官にしても、あくまでもミラブーのためを思って、ジョブ・チェンジを勧めたのだろう?」

「もちろんです」

「しかし、ミラブーには強固な信念があるから、ジョブ・チェンジなど以《もっ》ての外《ほか》だろうな。互いの主張は平行線をたどるばかり……ままならぬものだな」

「ええ、本当に」

「まあ、ひとたび社会に出れば、この程度の摩擦や衝突など珍しくもない。世の中には、正義も悪もないのだからな。生きとし生ける者の数だけ、正義が存在するのだ……」

思わず、しみじみとした口調になってしまった。

「イシュトさんって、時々、ものすごく大人びた表情をされますよね。なんだか、社会経験がものすごく豊富な人みたいな……」

「当然だ。かつての俺は――」

この双肩に、一国の統治を担っていたのだからな――と続けようとして、イシュトはなんとか踏みとどまった。またふしぎそうな顔をされるのが、目に見えていたからだ。

「いや、なんでもない」

「……?」

「ところで、ミラブーの件だがな。まさかとは思うが、冒険者の資格を剝奪《はくだつ》される、なんてことはないだろうな？」

「実は、その可能性もあったのですが……」

「あったのか」

「ですが、イシュトさんのおかげで風向きが変わりそうです」

「どういうことだ？」

「今後、ミラブーカさんの担当は、わたくしが引き継ごうと思います。担当官が付いている限り、ミラブーカさんは冒険者を続けられますよ」

今度こそ、エルシィは完璧な笑みを浮かべた。

「そうか。感謝するぞ、エルシィ」

「いえいえ」

「それにしても……リッカにせよミラブーカにせよ、なんの因果か、お前のもとには問題児ばかり集まってくるようだな」

イシュトは苦笑した。

「……！」

そのとたん、エルシィにしては珍しく、笑いを嚙《か》み殺《ころ》しているかのように、ぷるぷると肩を震わせ始めた。

「エルシィ？　どうかしたのか？」

「いえ、その、なんといいますか……いちばんの問題児は、むしろイシュトさんなんですけどね」

「なん……だと⁉　この俺が問題児？」

「はい。そのイシュトさんがあんなことを仰《おっしゃ》るから、可笑《おか》しくて可笑しくて」

「そうだったのか……」

「ふふっ。自覚、ありませんでした？」

「ぐぬぬ……」

「ですが、そんなイシュトさんだからこそ、わたくしも全力でサポートしたいと思っているんです。今後とも、よろしくお願いしますね」

　頬をかすかに紅潮させながら、エルシィは照れ笑いを浮かべた。それは、お仕事モードの笑みとは一味違う、年頃《としごろ》の乙女らしい笑顔だった。

「うむ。こちらこそ、よろしく頼む」

「あ、それともう一つ……大事なご連絡がありまして」

「なんだ？」

「ミラブーカさんが紛失した配達品の件です。ええと、大変申し上げにくいのですが、ミラブーカさんの所属パーティーのリーダー――つまりはイシュトさんに、弁償金を請求させていただくことになりますので」

「ふぁっ⁉」

魔王ともあろう者が、思わず変な声を洩《も》らしてしまった。

「申し訳ありません、これも冒険者ギルドの規則でして。ミラブーカさんが冒険者用の損害保険に加入されていれば、事なきを得たのですが……」

「むしろ、そんな保険が存在することにびっくりだがな。まあ、よかろう。しょせんはミラブーでも受注できた初級クエストだ、大した金額ではあるまい。で、いくらだ？」

「ええと、五万リオンになります」

「意外に高いな……！」

イシュトは嘆息した。


——ミラブーカ・ステルヴィオ。

やたらと道具士というジョブに拘泥《こうでい》する、奇矯《ききょう》な少女。

もしかしたら、とんでもない貧乏神、あるいは疫病神《やくびょうがみ》かもしれない。

とはいえ、いったん自分の魔下に加えると決めた以上、たかがカネのことで見捨てるのは忍びない。

なによりも、魔王の矜持《きょうじ》が許さない。

「まあ、なるようになるか」

イシュトは苦笑すると、活動拠点《ホーム》に帰ることにした。

QUEST 3「パーティーの名前は、もう決めたの？」

1

「はわわわわっ⁉　〈魔王城〉といえば三つ星ランクの宿屋じゃないですか！　すべての冒険者の憧《あこが》れですよ！」

宿酒場《やどさかば》〈魔王城〉の建物を前にしたミラブーカは、予想通りの反応を示してくれた。

パーティーを組んだとはいえ、べつに寝食まで共にする必要はないのだが――いざ話を聞いてみると、ミラブーカの所持金はゼロで、ちゃんとした宿屋に泊まるような余裕はないという。

となれば、冒険者ギルド王都支部に隣接している、例の木賃宿を利用するしかない。

イシュトはミラブーカに同情した。イシュト自身もまた、この異世界に来てからしばらくの間は、あの貧相な宿泊施設で生活していたのだから。

もっとも、イシュトは闊達《かったつ》な性格なので、何日か泊まっているうちに慣れてしまったが、年頃《としごろ》の少女にとっては酷だろう。いくら「住めば都」といっても、限度はある。

そこで、リッカが「よろしければ、わたしたちの活動拠点《ホーム》に来ますか?」と提案すると、ミラブーカは「いいんですか⁉」と、食いついてきた。

というわけで、イシュトとリッカは、ミラブーカを〈魔王城〉の玄関先まで連れてきたのだった。

「レベル1のあたしが、あの〈魔王城〉に寝泊まりできるなんて。夢なら覚めないでほしいです……!」

無邪気に喜ぶ姿は子どもっぽくて、イシュトは微笑《ほほえ》ましく思った。そういえば、リッカも初めて〈魔王城〉を訪れたときは、大いに興奮していたな……と思い出す。

玄関先で立ち止まっているのもなんなので、さっさと扉をくぐった。

そろそろ夕刻だ。案の定、一階の食堂フロアはにぎやかだった。あちこちのテーブルで、歴戦の冒険者たちが酒盛りを始めている。ヒューマン、エルフ、獣人……等々、多種多様な冒険者が一堂に会し、わいわいと騒ぐ姿は壮観だった。

また、フロアの一角には小さな舞台が設けられているのだが、今夜は楽団が演奏を披露している。艶《あで》やかな踊り子たちも、くるくると舞い踊っていた。

「お帰りなさいませ、ご主人様にお嬢様!」

と、店員の一人がにこやかにお辞儀をした。

この宿酒場の跡取り娘にして看板娘、シロン・ルクップである。

「おい。お前のご主人様になった覚えはないのだが？」

と、イシュトは真面目《まじめ》に応じた。

「うふふ。期間限定のサービスよ。どうかしら？」

「…………」

かつてのイシュトは、周囲から「魔王様」や「陛下」と呼ばれていた。いまさら「ご主人様」などと呼ばれたところで、なんのありがたみも感じない。しょせんは「ごっこ遊び」にすぎないのだから。

「わたし、『お嬢様』だなんて呼ばれたの、生まれて初めてです……！」

そんなイシュトとは対照的に、リッカは無邪気に喜んでいる。ある意味、シロンのサービスは成功したといえるだろう。

「あら？」

と、シロンがイシュトの背後に目を留めた。先ほどから、ミラブーカがちんまりと控えていたのである。

「ねえ、イシュト君？　そちらの女の子は、どちらさま？　もしかして、あまりに可愛《かわい》らしいからって――お持ち帰りしちゃったの？」

「おいこら。人聞きが悪い……！」

「ダメよ、イシュト君。いくら『英雄色を好む』といっても、さすがにおいたが過ぎるんじゃやないかしら？　女の子は犬猫じゃないのよ」

「ええい、人の話を聞かんか」

イシュトは苦々しい口調になった。

もっとも、道端で倒れていた少女を拾い、保護し、そして自分のホームまで連れてきたのだから、「お持ち帰り」という表現も、あながち的外れではないような気がした。

「なんだか訳ありみたいね。詳しい説明は、あとで聞かせてもらうわ。とりあえず、お風呂《ふろ》に入ってもらえるかしら？　うちは冒険者専用の宿酒場だけど、食堂フロアだけは一般のお客さんも利用されるから……」

と、シロンが遠慮がちに告げながら、ミラブーカを眺めやった。

かれこれ一週間も遭難していたミラブーカは、頭のてっぺんから爪先《つまさき》まで泥だらけだ。いや、ミラブーカだけではなかった。イシュトとリッカにしても、一仕事を終えたばかりなので、薄汚れているのは否《いな》めない。

「そうだな。まずは風呂に入って、さっぱりしてから晩飯にするか」

着替えを取りに行くため、イシュトとリッカは自室にもどろうとしたのだが――。

ごく自然に、同じ部屋に入った二人を目の当《ま》たり《あ》にして、ミラブーカがぴたりと立ち止まった。

「あの、えっと……ちょっと待ってください」

「どうした、ミラブー？」

と、振り返るイシュト。

「もしかして、イシュトさんとリッカさんは……同じ部屋で生活してるんですか？」

「ああ、そうだ。てっきり別々の部屋になると思っていたのだが、ちょっとした手違いがあってな。最初は戸惑ったものだが、もう慣れた」

イシュトが平然として答えると、ミラブーカはほんのりと頰《ほお》を染めた。

「で、ですが……お二人の愛の巣に、あたしなんかがお邪魔してもいいんでしょうか？　あたしって、実はお邪魔虫なんじゃ？　そういう仲なら、最初からいってくださいよ……」

「ごっ、誤解ですよ！　わたしとイシュトさんは、そういう関係じゃありませんから！」

と、リッカが真っ赤になりながら、全力で否定した。

「は？　若い男女が密室で二人きりになっておきながら、なにもないと？　そりゃあ、お二人と比べたら、あたしなんてまだまだ子どもかもしれませんけど……そんな嘘《うそ》が通用するほど子どもでもありませんよ！」

「そうはいっても、事実なのだから仕方がないだろう。俺《おれ》とリッカはパーティーを組んだ結果、この部屋を共有することになった。それだけだ。ある意味、家族のようなものかもしれんな」

「そうですそうです！　ミラちゃんも気兼ねなく、自分のおうちだと思ってください！」

「……わかりました。詳しい事情は、あとでリッカさんから聞かせてもらいますので」

ミラブーカとしても、一刻も早く風呂に入りたかったのだろう。その場は大人しく引き下がった。

2

宿酒場〈魔王城〉の売りの一つに、天然温泉が挙げられる。

温泉好きなイシュトにとっては、願ったり叶《かな》ったりの環境といえた。案外、祖国の魔王城よりも、こちらの〈魔王城〉のほうが快適かもしれないと思ったほどだ。

大浴場の女湯にむかったリッカとミラブーカを見送ったあと、

「さて……今夜は、どの風呂を利用するか――悩みどころだな」

各種温泉の出入口が並ぶ通路を散策しつつ、イシュトは思案した。〈魔王城〉の温泉施設は多彩である。オーソドックスな大浴場から、蒸し風呂や岩風呂のような珍しい施設までそろっている。

「やはり定番の大浴場か？　いや、たまには変わった風呂に入るのも悪くないな。蒸し風呂で汗を流すのもよいし、岩盤浴も楽しそうだ――」

イシュトが今夜の宿を決めあぐねていると、

――どん！

突然、まばゆいばかりの閃光が炸裂した。

「なんだ⁉」

イシュトは思わず立ち止まり、警戒した。

前方には――銀色の毛並みが美しい、狼に似た獣の姿があった。

奇妙な現象だと思った。

その獣は、決して駆けてきたようには見えなかった。まるで転移魔法でも使ったかのように、神秘的な光をまといながら、この場に出現したのである。

よく見ると、顔見知りの獣だった。

「なんだ、クルルではないか」

イシュトが呼びかけると、

「うぉんっ！　うぉんっ！」

聖獣クルルは、切実そうな鳴き声をあげながら駆けよってきた。

甘い香りが、イシュトの鼻先をくすぐった。その毛並みはじっとりと濡れており、石鹸の泡が付着している。

「どうした？　ルテッサは一緒じゃないのか？」

イシュトはクルルの頭を撫でてやりながら、首をかしげた。

その直後、

「あーっ！　クーちゃん、こんなとこにおった！　もう逃がさへんで！」

まさしくルテッサの声がした。その口調から察するに、随分とあわてている様子である。

「おお、ルテッサか。ちょうどいいところに——ぬおっ⁉」

背後をふり返ったとたん、イシュトは驚愕の声をあげてしまった。

あろうことか、ルテッサは全裸だった。

どうやら入浴中に飛びだしてきたらしく、身体のあちこちに石鹸の泡が残っている。そのおかげで、まだ幼さを感じさせる胸元や、腰のあたりは上手く隠れているが——なんとも悩ましい姿だった。

「覚悟しぃや、クーちゃん！　とりゃあっ！」

ルテッサは子どものようにジャンプすると、クルルの背中に飛び乗った。

その容姿こそ可憐だが、こう見えて上級冒険者であり、ジョブは猟師である。クルルの弱い部分を的確に撫でたり、マッサージすることで、あっという間に大人しくさせてしまった。

「ふう……ええ汗かいたわ～」

と、ルテッサは清々しい笑顔を浮かべた。

「くう～ん……」

一方、クルルは仰向けに横たわり、降参の意を示している。

「……おい、ルテッサ。これは一体、何事だ？」

「いやー。せっかくクーちゃんの身体を洗ってあげようとしたのに、逃げだしてもうてな。追いかけてきたんや」

「そういえば、クルルは転移魔法が使えるのか？　突然、出現したように見えたが」

「あー、それは魔法ちゃうで。スキルの一種やな。聖獣には生まれつき、ふしぎなスキルが備わっとるんや。クーちゃんの場合は、それが転移術やったというわけ」

「ほう。それは大したものだな」

「クーちゃんだけしか転移できんから、いまいち使いどころがないんやけどな。せめて仲間も一緒に転移できれば便利なんやけど」

「ところで、いつまでそうしているつもりだ？　いまは俺しかいないが、ここは公共のスペースだぞ。そんな格好で恥ずかしくないのか？」

「ま、大事なところは泡で隠れとるし、問題ないやろ」

ルテッサはころころと笑った。外見年齢は十四歳くらいに見えるが、案外、精神年齢はもっと低いのかもしれない。

「くしゅっ！」

と、ルテッサが可愛いくしゃみをしたので、イシュトは苦笑した。

「さっさと風呂場にもどれ。風邪をひいてもしらんぞ」

「せやな……そうするわ。明日から遠征やしな。風邪なんかひいたら、ランツェにどやされてまうわ」

「遠征？　お前たち、どこかに行くのか？」

「あれっ？　聞いてへんの？　明日から、ダンジョン探索のクエストが始まるんや。総勢百名の大部隊が出動するんやで！　てっきりイシュトも来るんかと思ってたけど……考えてみれば、参加資格はレベル10以上の上級冒険者やからな」

「ならば仕方あるまい。俺の場合、書類上のレベルは0のままだからな」

　と、イシュトは苦い口調で応じた。

「そういえば、イシュトもこれからお風呂なん？」

「ああ、そうだ。今夜はどの風呂に入るか、ちょうど迷っていたところでな」

「ほな、オススメの風呂を紹介したるわ～。こっちやで」

「そうか。すまんな」

　イシュトはルテッサの厚意に甘えることにした。

　ルテッサが所属する銀狼《ぎんろう》騎士団は、〈魔王城〉の三階フロアを借りきっているほどのパーティーだ。この宿酒場の利用客としては、ルテッサのほうが先輩なのである。ここは素直に聞いておくのが吉だろう、と判断したのだった。

3

「ここが知る人ぞ知る秘湯『花の湯』や！　ゆっくり堪能してや～！」

ルテッサが案内したのは、イシュトが足を踏み入れたことのない区画だった。

目の前には、素朴な扉が一枚のみ。特に表札の類は見あたらない。この奥に浴場があること自体、あまり知られてはいない印象だった。

「ほう。なかなか洒落《しゃれ》た名前ではないか。恩に着るぞ、ルテッサ」

イシュトは礼をいうと、ドアノブに手をかけようとして――強烈な違和感に襲われた。

「……ちょっと待てよ？　どうして、入口が男湯と女湯で分かれていないんだ？」

「そんなん決まってるやん。混浴なんやから」

「なん……だと……？」

「ほら、もたもたせんと。うちかて『花の湯』に入るんや」

「ちょっ⁉　お前もここに入るつもりだったのか？　クルルが一緒とはいえ、さすがに……いろいろな意味でまずいのではないか？」

「うちとクーちゃんだけやないで～。今夜はな、銀狼騎士団が『花の湯』を貸し切りにしてるんや。気兼ねなく、入ってきたらええわ」

「いやいや、気兼ねするだろう！　そもそもアイリスたちが許すのか？　特にランツェなどは激怒しそうな予感しかしないぞ……」

「かまへんかまへん！　イシュトに気づいたランツェがどんな反応をするか、めっちゃ楽しみやん！」

ルテッサは悪戯《いたずら》っぽく笑うと、脱衣所の前を通過して、浴室の扉を目指した。

「それが目当てか……まあ、温泉好きな俺としては、『花の湯』とやらが大いに気になっている。俺はあくまでも、純粋に、温泉を楽しみに来ただけだからな？　アイリスたちが俺の動機を誤解しないよう、ちゃんと説明責任は果たせよ？」

脱衣所の棚に荷物を置きつつ、イシュトはしっかり釘《くぎ》を刺したつもりだったのだが、

「ほら、クーちゃん！　今度こそ身体の隅々まで洗ったるからな！　覚悟しぃや！」

ルテッサは相棒を叱咤《しった》しつつ、さっさと浴室に入ってしまった。

「ちょっ、おい！　大丈夫なのか……？」

若干の不安を覚えつつも、イシュトは衣服を脱ぎ始めた。とにかくルテッサの許可を得たのだから、問題はないだろう……と思うことにした。

さすがは「花の湯」と銘打っているだけあって、先ほどルテッサが浴室の扉を開いた拍子に、薔薇《バラ》のように甘い香りがイシュトの鼻先をくすぐった。

「うむ。女子の匂《にお》いだ……」

と、イシュトは思わずつぶやいた。あの扉一枚を隔《へだ》てて、一糸まとわぬ姿のアイリスたち

が入浴している——そう思ったとたん、いやいや、俺の目的はあくまでも温泉であって、アイリスたちはオマケにすぎないのだからな……と、自分にいい聞かせる。

そんなことを考えているうちに、イシュトは全裸になっていた。腰にタオルを巻いて、愛用の風呂桶《おけ》を小脇《こわき》に抱えると、準備完了だ。

颯爽《さっそう》と、浴室へと続く扉の前に立つ。

「いざ出陣——！」

いろんな意味で期待に胸をふくらませつつ、イシュトは扉を開いた。

たちまち湯気が朦々《もうもう》と立ちこめて、イシュトの視界を真っ白に染める。

「——何者だっ！　いまは我らが貸し切りにしているはず！　ご遠慮願いたい！」

突然、槍《やり》のように鋭い声が飛んできた。うら若い女の声だ。その口調は馬上の騎士のように峻烈《しゅんれつ》だった。湯気のせいで姿は見えないが、例の重槍《じゅうそう》騎士——ランツェルーナ・カレンベルクだと気づいた。

いまの反応から察するに、ルテッサが事前に説明していないのは明らかだった。当のルテッサときたら、入口付近の洗い場に陣取って、クルルと一緒に泡だらけになっている。無邪気にはしゃぐ姿は、子どもにしか見えなかった。イシュトの件など、すっかり忘れているようにも見える。

「おいっ、返事をしろ！　そこにいるのは誰だ⁉」

ランツェの声が、ますます鋭く響く。ざぶざぶという水音も聞こえてくる。どうやら湯に浸《つ》かっているところだったようだ。

とりあえず、イシュトは湯気の向こう側にむけて、堂々と名のりをあげた。

「俺だ。イシュトだ！」

「えっ？　そこにいるのは……イシュトなの？」

と、鈴をころがすような声が返ってきた。

湯気のせいで姿こそ見えないが、アイリスの声に間違いない。事実、少しばかり湯気が薄れた拍子に、丹念に結い上げた銀髪の輝きと、雪原のように白いうなじ、そして撫《な》で肩《がた》のラインが幽《かす》かにのぞいた。

「ああ、そうだ。先ほど、ルテッサに招待されてしまってな。お言葉に甘えて『花の湯』とやらを楽しみに来たのだが……やはり、まずかったか？」

「そう。つまり、ルテッサの悪戯《いたずら》なんだね……どうしよう、ゲルダ？」

冷静なようで、アイリスの声には若干の動揺が感じられた。

「ふう……また彼ですか。事案発生ですね」

アイリスに応答したのは、なにやら達観したような声だった。魔女ゲルダ。こんな事態においても、淡々とした調子だった。

次の瞬間、絹を裂くような悲鳴が響きわたった。

「きゃあああっ！　男っ！　男があああああああああああっ！」

我を忘れて絶叫しつつ、次から次へと風呂桶を投げつけてきたのは、ランツェだった。普段は勇壮極《きわ》まる重槍騎士のくせに、いちばん乙女らしい反応といえた。

「ちょっ⁉　待て！　落ち着け！　おい、ルテッサ！　あの女の暴走をなんとかしろ！」

「いや～。ええもん見せてもろたわ。おかげで、ランツェをからかうネタが一つ増えたで」

ルテッサはクルルの身体を洗ってやりながら、にんまりとした。

4

一方、大浴場の女湯では――。

ちょうど夕食前の時間帯ということもあり、場内は混んでいた。

一日の仕事を終えた女冒険者たちが、夕食の前に温泉を堪能している。

ミラブーカはリッカに手伝ってもらいながら、一週間分の汚れを洗い落とした。この地域では珍しい、ベージュ系の色味を持つ髪も丁寧に洗った。

「ふう～。さっぱりしました！」

「ミラちゃんのお肌は、まるで赤ちゃんみたいに綺麗《きれい》ですね。髪もつやつやですよ」

と、リッカが褒《ほ》めてくれたので、なんだか照れくさい気分になった。

「いえいえ、それほどでも。むしろリッカさんのお肌のほうが、真っ白で、きめ細かくて……ずっと撫でていたいです。これがハーフエルフのお肌なんですね……」

「ひゃんっ！　くすぐったいですよぅ！」

「それに、この胸！　こうして間近で見ると、本当に大きいですよね。うらやましいというか、けしからんというか」

「そ、そんなに見つめられたら恥ずかしいです……」

「そういえば、揉《も》めば大きくなるなんて話を聞いたことがあります。どうせ俗説だとは思いますけど、実はイシュトさんに手伝ってもらっていたり……とか？」

「ちっ、違います！　わたしとイシュトさんは、本当にそういう関係じゃないんです！　信じてくださいっ！」

全身の肌をピンク色に染めながら、恥ずかしがるリッカ。いまにも泣きだしてしまいそうなくらい、涙目になっている。

自分より二つも年上なのに、なんだか可愛《かわい》らしいと思った。ただ、あまりキャッキャとはしゃいでいたら、他のお客さんたちの迷惑になるので、このあたりで自重する。

なんといっても、ここは宿酒場〈魔王城〉の浴場なのだ。

利用客の大半は上級冒険者である。だれもが惜しげもなく全裸をさらしているので、ついつい忘れそうになってしまうけれど、ひとたび外に出れば、名うての騎士や魔道士だったりする

のだ。彼女たちに睨《にら》まれたりしたら、洒落《しゃれ》にならない……。

「それじゃあ、お湯に浸かりましょうか！」

ミラブーカは嬉々《きき》として移動した。ドキドキしながら湯に浸かる。

乳白色の湯が、疲れきった身体を優しく包みこんだ。

「はふ～。生き返りますね～」

思わず、そんな声が洩れた。

続けて入浴したリッカも、

「ふう～。ほんとに極楽です～」

まったりとした笑みを浮かべた。

二人は心ゆくまで、温泉を堪能したのだった。

5

アイリスたちが貸し切りにしている「花の湯」は、大理石をふんだんに使用した、豪華な浴室だった。大浴場と比べると小規模で、家族むけといった印象である。

湯の表面には、色取り取りの花がちりばめられている。視覚的に美しいのはもちろんのこと、アロマ効果も感じられた。

「……事情は了解した。その……取り乱して、すまなかったな」

　ようやく落ち着いたランツェは、一生の不覚をとったといわんばかりの顔をしつつ、こほんと咳払《せきばら》いをした。肩まで湯に浸かることで、自分の裸体がイシュトに見られないよう、露骨なほどイシュトを警戒している。

「だが……おっ、男と一緒に、入浴するなど……わたしには、やっぱり無理だあっ！」

「落ち着いて、ランツェ。世の中には、混浴が一般的な国だってあるんだし」

「アイリス様は、どうして落ち着いていられるのですか!?　恥ずかしくないんですか!?」

「それは……わたしだって恥ずかしいけど」

「ですよね！」

「でも、イシュトがここにいるのは、ルテッサが招待したからだよ。ここで追い返すのは、道義に反すると思う」

「ま、まさか、アイリス様……？」

「ねえ、イシュト。せっかく来たんだし、このまま『花の湯』を楽しんでくれる？」

　意外な申し出に、イシュトは面食らった。

「本当に、いいのか？」

「わたしは構わないよ」

「アイリス様！　いくらなんでも、はしたないです！　おっ、男と同じお湯に浸かるなど……

冗談ではありません！　万が一、妊娠したらどうするんですか！　お湯を媒介にして、あの男の子胤《こだね》が忍び寄ってくる可能性も……！」

「アホかお前は！　いくら俺でも、そんな離れ業ができるか！」

　思わずイシュトは叫んでしまった。

「そ……そうなのか？」

　きょとんとするランツェ。

「まったく、どんな教育を受けてきたのだ？　よもや戦闘訓練ばかりで、一般常識を身に付けてこなかったのではないだろうな」

　イシュトは嘆息した。

「ランツェは心配しすぎ。イシュトは信頼できる人だよ。同じ戦場に立てば、人となりはわかるから」

　と、アイリスが冷静に告げた。

「くっ！　アイリス様がそう仰《おっしゃ》るなら、わたくしは従うまでですが……」

　苦渋の表情ながらも、ランツェは折れた。ただし、すぐさま鬼の形相になると、イシュトをじろりと睨んだ。

「よいか、イシュヴァルト・アースレイ！　くれぐれも、アイリス様のお身体を見てはならんぞ！　チラッと盗み見るのも許さんからな！」

ザバッと周囲に湯を飛ばしながら、ランツェは釘《くぎ》を刺してきた。ビシッとイシュトに指を突きつけている。

「ふっ。そんなセコい真似《まね》はせんから安心しろ。見たくなったら、堂々と凝視してやるまでだ。ふむ……騎士にしておくには、もったいないほどの乳房だな」

「はっ？」

いまさらながら、ランツェは愕然《がくぜん》とした。

勢いあまって、無意識のうちに立ちあがっていたことに気づいたのだ。

一応、湯気のヴェールで覆《おお》われてはいるものの、先ほどイシュトとルテッサが扉を開け閉めしたせいで、かなり薄れている。たわわに実った双丘も、キュッとくびれた腰も、可愛らしいへその窪《くぼ》みも、イシュトの双眸《そうぼう》は克明に捉《とら》えていた。

「きゃあああああああああああああああああっ！」

またしても、絹を裂くような悲鳴が響きわたった。

「ええか、イシュト！　知っとると思うけど、いきなりお湯に浸かるのは御法度《ごはっと》やで！　まずは、ここで身体を洗うんや」

一問着が終わったとたん、ルテッサが洗い場から話しかけてきた。相変わらず泡だらけになりながら、クルルの背中を洗ってやっている。

「ああ、わかっている。公共浴場のマナーなら心得ているから、問題ないぞ」

イシュトは木製の腰掛けに尻《しり》を預けた。そして、いざ身体を洗おうとして……硬直してしまった。

「………………」

正直なところ、自分の手で自分の身体を洗うという行為に、まだ慣れていないのだ。

他人に裸を見られること自体は、どうということはない。かつて魔王だったイシュトは、着替えや入浴の際は必ず、使用人の手を借りていたのだから。

しかし、自分で自分の身体を洗う姿を他人に――特に女子に見られるのは、ひどく恥ずかしい気がした。男湯であれば、かろうじて我慢できたのだが……。

「ん？　どないしたん？」

イシュトの様子が変だと気づいたのだろう。ルテッサが怪訝《けげん》そうに尋ねてきた。

「いや、なんでもない」

とりあえず風呂桶を湯で満たし、タオルを浸ける。

備品の石鹸《せっけん》を拝借し、泡立てる。

――ううむ。やはり恥ずかしいな。ルテッサめ、さっさと湯に浸かってくれればよいのだが。どうにも、ルテッサの視線が気になってしまう……。

「なんや、イシュト？　クーちゃんと同じで、身体を洗うのは苦手なんか？」

と、ルテッサがふしぎそうな顔をした。

「おい、俺を獣と一緒にするんじゃない。とはいえ、苦手といえば、たしかに苦手だ。そこは認めざるを得ないな」

「ふーん。ほな、うちがイシュトの身体を洗ったろか？」

「……は？　いま、なんと？」

イシュトはぴたりと手を止めた。

「この前の戦いで、イシュトには助けてもらったしな。なんのお礼もせんのは、やっぱり仁義を欠いてしまうし」

「いや、気にするな。巨人討伐《とうばつ》の報酬なら、すでに冒険者ギルドから受け取っている。なんと三ヶ月もの間、無料で〈魔王城〉に宿泊できるのだ。いまのうちに稼いでおけば、それ以降も住みつづけることができるしな」

「いやいや、そういう問題とちゃうねん。そもそもエルフは義理堅い種族や。個人的に、なんらかのお礼をしとかんと、心苦しくてしゃーないんやわ」

「そういうものか？」

「そういうもんや」

ルテッサは大真面目な顔でうなずいた。

「というわけで――イシュトの身体、うちが洗ったるわ」

「……ただ単に、お前が楽しんでいるだけじゃないのか？」

イシュトは思わず苦笑した。

「ま、そういう要素があるのは否定せんけどな。あっ、こうゆうんはどないや？　お肌を磨くための小道具は、一切《いっさい》使わへんのや」

「……待て。だったら、なにを使う？」

「それはな――」

ルテッサは唇をイシュトの耳に寄せると、熱い息を吐くようにささやいた。

「うちのカラダや……」

たちまち、イシュトの心臓がドクンと跳ねあがった。滅多《めった》なことでは動揺しないイシュトだったが、いまの言葉には、ある種の破壊力が秘められていた。

「いやいや。いくらなんでも、それはいろいろな意味でまずいような……」

イシュトはちらりと、アイリスたちが浸かっている湯のほうに視線を走らせた。

湯気は先ほどよりも濃くなっているし、アイリスはゲルダと話しこんでいる。ランツェは裸を見られたショックが大きかったらしく、打ちひしがれている。いまならイシュトとルテッサが怪しいことをしていたとしても、勘づかれる可能性は低そうだが……。

「ほな、始めよか。ちょっぴり恥ずかしいから、目は閉じててくれるか？」

ルテッサは、すっかりその気になっている。

やむを得ず、イシュトはお言葉に甘えることにした。

「うむ、わかった」

腰かけに座った状態で、イシュトはそっと目を瞑《つむ》った。やがて、石鹸のかぐわしい香りが格段に強くなった。ルテッサが泡立てているのだろう。

次の瞬間、ぴとっ……と、背中に生温かい感触がした。

「……!?」

ぞくりとした。

背中全体に、生き物に特有の体温が生々しく伝わってくる。

――これがエルフ娘の柔肌……泡のせいでヌルヌルしすぎて、いまいち肌の感触がわかりづらいが……なんと心地よい……。

「どやぁ、イシュト?」

耳元で、ルテッサがささやいてくる。さりげなく、身体を上下に動かしながら……なんとも官能的な仕草だった。

「ああ……だんだん気持ちよくなってきたぞ……まるで極楽だ……。なあ、ルテッサ。目を開けてもいいか?」

「そ、それだけは堪忍してや。うちかて、花も恥じらう乙女なんやから」

「うむ、それなら仕方がないな……おっふ！　どうしてお前は、そんなに男のツボを心得ているのだ……！」

「まだまだ、こんなもんやあらへんで～」

「くっ！」

次の瞬間、耳たぶを甘噛《か》みされる感触がした。

「おうっ……！」

さらには頬をぺろりと舐《な》めあげられた。

このまま怪しい声を洩らしていたら、アイリスたちに気づかれてしまいそうだ。

――けしからんぞ、ルテッサめ！　清純そうな顔をして、どこでこんな手練手管《てれんてくだ》を覚えたのだ⁉　悔しいが、このままでは「陥落」してしまいそうだ……この俺が……魔王ともあろう者が、これしきのことで……ん？　なにか妙だぞ？

ふいに、イシュトは強烈な違和感を覚えた。

「おい、ルテッサ。お前の腕だがな。いくらなんでも、毛深すぎやしないか？　なにやら剛毛にびっしりと覆われているような……」

「ごめんな、イシュト。うち、実はちょっぴり毛深いねん。せやから、あんま見てほしくないねん」

「いやいや、ちょっぴりなんてレベルじゃないぞ！」

イシュトは目を閉じたまま、自分の背中に覆いかぶさっているだれかの腕を握りしめた。

「あはっ。もうバレてもたか〜。さすがイシュトやなぁ」

その声に応じて、イシュトは目を開いた。

イシュトの背に密着し、全身をフルに使ってご奉仕していたのは——案の定、クルルだった。ルテッサは、あくまでもイシュトの脇《わき》に立ち、耳もとでささやいていただけだったのである。

「おい、聖獣。お前は一体、なにをしているのだ？」

と、イシュトはあきれたように尋ねた。

「くぅ〜ん」

クルルは甘えた声を洩らしつつ、ご奉仕をつづけている。

どうやら、イシュトはすっかり気に入られてしまったようだ——。

6

「邪魔するぞ」

なんとか身体を洗い終えたイシュトは、いよいよ温泉に浸かることにした。

湯の表面には、色取り取りの花弁が敷き詰められている。湯の縁に立つと、甘い香りが濃く、深くなった。どんな状態異常だろうが、この湯に浸かれば治ってしまいそうだ。

「おお、これは……いいものだな」

身体の隅々に至るまで、じんわりと熱が浸透していくのがわかる。

一方、イシュトから離れた位置では、アイリスをはじめとする銀狼騎士団の少女たちも湯を堪能している。

なんでも銀狼騎士団は王都随一の冒険者パーティーであり、老若男女《ろうにゃくなんにょ》を問わずファンが多いという。イシュトがこんな状況にあることを知ったら、ファンたちは羨《うらや》ましさのあまり悶絶《もんぜつ》するかもしれない。

そう考えると、なんだか痛快な気分だった。


穏やかなひとときは、ゆるやかに流れていく——。

最初は露骨にイシュトを警戒していたランツェも、温泉の心地よさに負けてしまったようで、落ち着きを取りもどした様子である。当初は、彼女たちとの混浴を意識せざるを得なかったイシュトも、いつしか慣れてしまい、純粋に温泉を楽しむことができた。

「——そうだ、イシュト。パーティーの名前は、もう決めたの？」

と、アイリスが思い出したように口を開いた。その美声は、深い残響を伴いながら、浴室全体に凛《りん》として響いた。

「ふむ、パーティー名か。そういえば、エルシィから催促されていたな」

「候補案、ちゃんと考えてる？」

「そうだな……たとえば、『冥府《めいふ》魔道世界征服団』なんてのはどうだ？」

「…………」

「なんだ、あまりのカッコ良さに声も出ないか？　ならば、次はもう少し大人しめで行くか……そうだな、『暗黒覇道アースレイ団』。うむ、これも悪くないと思うが――」

「あかんあかん！　笑いを取りにいくなら、もっと上手《うま》いこといわんと！」

真っ先に手厳しいコメントを告げたのは、ルテッサだった。

「ふっ。話にならんな。エルシィ殿の苦笑いが目に浮かぶようだ」

続けざま、ランツェには鼻で笑われてしまった。先ほどの意趣返し、とでもいわんばかりである。

「ふう。致命的なまでに、言語センスが欠落していますね」

ゲルダも淡々と辛辣《しんらつ》なことをいう。

「うぉ～ん……」

さらには、あれほどイシュトを気に入っていたクルルまでが、残念そうな声を洩らす始末だった。

「なっ、なんということだ！　いつの時代も、天才の発想は認められんということか。そういえば、アイリス。さっきから黙っているが、お前はどう思う？　お前なら、俺の研ぎ澄まされた言語感覚を理解できるのではないか？」

藁《わら》にもすがるような思いで、イシュトはアイリスを見つめたのだが――。

「ええと……イシュトが一人で考えるのは、危険だと思う」

「アイリス、お前もか……！」

イシュトは玉砕した気分で、がっくりとうなだれた。

「ほんなら、ちょうどええやん！　パーティーの名前、うちらで考えたろうやないか！」

と、ルテッサが笑顔で提案した。

……というわけで、みんなであれこれと知恵を出し合うことになった。


侃々諤々《かんかんがくがく》の議論は、一時間近くも続いた。

あくまでも、魔王らしさに拘泥するイシュト。

対照的に、シンプルかつ明確なコンセプトを打ちだそうとするアイリスたち。

論戦は白熱する一方だった。

もっとも、ここは温泉だ。「あかん、もう限界や……」と、真っ先にルテッサが湯あたりしてしまい、ぶっ倒れそうになったのを機に、結論を急ぐことになった。

最終的に、パーティー名は無難なところに落ち着いた。

7

「『チーム・イシュト』ですか？　シンプルでわかりやすいですし、素敵なパーティー名だと思いますよ」

「あたしもリッカさんに同意します。超大型新人として名を馳《は》せたイシュトさんの名前を使えば、宣伝効果もありそうですよね。異議なし！」

夕食の席で、イシュトがパーティー名の件を伝えると、リッカとミラブーカは全面的に賛成した。絶賛といってもいい。

「そうか……？」

イシュトは首をひねった。

――「チーム・イシュト」

正直、イシュトとしては納得していない。

なんというか、魔王的な成分が足りていない気がする。

一応、温泉会議では「チーム・イシュト」に決定したものの、やはりリッカとミラブーカの意見も聞いておきたかった。

実をいえば、二人の異論反論を期待していたのだが……。

「イシュトさん？　浮かない顔ですね……？」

と、リッカが小首をかしげた。

「ひょっとして、イシュトさんのアイデアじゃないんですか?」

ミラブーカも怪訝《けげん》そうに眉《まゆ》をひそめた。

「その、なんだ……。たまたま温泉で一緒になった冒険者たちと話していたら、パーティー名の話題になってな。『チーム・イシュト』というのは、あいつらが出したアイデアだ」

その冒険者たちが銀狼騎士団だという事実は、あえて伏せた。やましいことはなにもなかったのだが、事実を伝えようものなら、話が脱線するのが目に見えていたからだ。

ちなみに、アイリスたちは風呂を上がってすぐ、自分たちの部屋にもどった。夕食は入浴前に済ませていたそうだ。明日から始まる大型クエストにそなえて、今夜は早めに寝るといっていた。

「チーム・イシュトというのは、現時点での第一候補だ。一応、お前たちの意見も聞いておこうと思ってな」

「イシュトさんが納得された名前でしたら、わたしはなんでも構いませんよ」

貞淑な妻のように応じたリッカとは対照的に、

「そんなことより、イシュトさん! このステーキ、めっちゃ柔らかいですよ!」

ミラブーカはパーティー名の件など瞬時に忘れて、目の前の肉料理に耽溺《たんでき》していた。

「現金なやつだな……」

もっとも、その無邪気な笑顔を見ていたら、いつまでもパーティー名ごときにこだわっていた自分が、なんだかバカみたいに思えてきたのも事実である。

「もうチーム・イシュトでいいか。よし、晴れてパーティー名が決まった祝いだ！　リッカもミラブーも、食いたいものがあるならどんどん注文しろ！　おーい、シロン！　赤ワインのボトルを頼む！」

「は～い、かしこまり～」

ちょうどテーブルの脇を通りかかったシロンが、にっこりして返事をよこす。

周囲の客たちも、イシュトのテーブルがにぎやかなのを聞きつけて、酒杯を手に次々と集まってきた。

「へえ、パーティー名が決まったのか！　そいつぁ、めでたい！」

「チーム・イシュト？　いいわね。変に凝ってしまうと、必ず後悔するから」

「そうそう！　若造に限って『冥府』だの『暗黒』だの『世界征服』だのといった、ガキっぽいキーワードを使いたがるもんだ！」

「それで、数年後に死ぬほど恥ずかしい思いをするんだよな！」

「がーっはっは！　そいつぁ、お前のことじゃねーか！」

「うるせぇよ！」

陽気な客たちの会話を聞きながら、イシュトは胸を撫でおろした。

──ううむ、危なかった。アイリスたちの意見が完全に正しかったようだな。いまいち釈然としないのも事実だが……そもそも『冥府』や『暗黒』や『世界征服』のなにが悪いというのだ？　どうやら異世界の文化を理解するには、まだまだ時間がかかりそうだ……。

イシュトが大真面目に考えこんでいた、そのときだった。

「ここに召喚士マリーダはいるか！　レベル10の上級冒険者だ！」

突然、入口の扉が荒々しく開かれたかと思うと、ぴかぴかの鎧《よろい》に身を包んだ騎士が五名、ずかずかと入りこんできたのである。

その厳格そうな佇《たたず》まいや、鎧に象嵌《ぞうがん》された紋章から察するに、王城の警護や王都の治安維持を担う近衛騎士団のようである。

場を盛りあげていた音楽が、ぷつりと途絶えた。

客たちの喧噪《けんそう》も、ぴたりとやんだ。

いまや不自然なほどの静寂が、食堂を満たしている。

「……わたくしが、マリーダですけど」

と、カウンター席で一人、読書をしながら食事をしていた女が、おどおどとした様子で名のり出た。

年の頃は二十代の半ばだろう。黒縁眼鏡《めがね》をかけ、長い黒髪を左右で三つ編みに結っている。よくいえば知的な容貌だが、悪くいえば地味な印象である。濃灰色のローブを着用し、高級そうな杖《つえ》を両手で握りしめていた。

「ほう、お前がマリーダか。ふっ。上級冒険者というから、どれほど貫禄《かんろく》のある人物かと思ってみれば……」

と、隊長らしき年輩の騎士が応じた。重々しい鎧を鳴らしながら、マリーダの正面に歩み寄る。そして、マリーダの容姿を無遠慮に眺め回した。

「あの……近衛騎士団の方々が、わたくしになんのご用でしょうか？」

「お前も薄々、気づいているのではないか？　例の巨人襲撃事件のことだ。我々は政府より調査を一任されている。一刻も早く、犯人を逮捕せねばならん！」

「まさか……」

見る見るうちに、マリーダの顔から血の気が引いていった。

と、リーダーの副官らしき女騎士が、丁寧な口調で告げた。

「マリーダ殿。やはり、あなたが巨人スルトを召喚し、王都の市街地に放ったのではありませんか？」

「それは違います！　おかしな噂《うわさ》が流れたせいで、本当に迷惑しているんです！」

マリーダは涙目で訴えた。

「我らとて、あなたのように立派な上級冒険者が、あんな事件を引き起こしたとは信じたくありません。とはいえ、少しでも可能性があるのなら、調査を要します。なにより、目撃情報があるのです」

その物腰こそ柔らかいが、女騎士の目つきは鋭い。

「目撃情報……ですか？」

「あなたは巨人襲撃事件の前日、歓楽街の酒場で酔っぱらった挙げ句、『王都を燃やし尽くしてやる！』と口走っていたそうですね？　店の主人とウェイトレス、そして、その場に居合わせた客など、複数の証言を得ています。いい逃れはできませんよ？」

「そっ、それは……」

「なにか釈明することがあるか、召喚士マリーダ！」

と、隊長が一喝した。さすがは近衛騎士だけあって、すさまじい気迫が感じられる。

「お、お恥ずかしい限りですが……酔っぱらいの戯言《たわごと》です」

召喚士マリーダは、何度もつっかえながらも釈明を始めた。

「実はわたくし、失恋したばかりで……あのときは、なにもかもが嫌になっていたんです。たしかに、暴言を吐いたことは認めます。ですが、信じてください！　本気で王都を燃やすつもりなんて、ありませんでした。ただ自暴自棄になっていただけなんです……」

「ふん、怪しいものだ」

と、隊長が嘲《あざけ》るようにつぶやいた。

「お願いです、信じてください！　そもそも炎の巨人スルトを召喚しようと思ったら、最低でもレベル15は必要です。わたくしはまだ、そこまで召喚士というジョブを極めてはいません。わたくしがスルトを召喚しようと思ったら、あと十年は修行に明け暮れる必要があると思います。巨人スルトとは、それほどの召喚獣なのです」

「ふん、お前が真の実力を隠しているという可能性もある。詳しい話は、我らが近衛騎士団の本部で聞くとしよう。召喚士マリーダ！　これより、お前を連行する！」

隊長は厳然として宣告した。

「そんな！　いくらなんでも横暴です！」

涙目で身の潔白を訴えるマリーダだったが、瞬く間に取り囲まれてしまう。

相手は精強な騎士が五名。

いくら上級冒険者といえども、ソロの召喚士が太刀打《たちう》ちできるはずもなかった。

8

——さて、どうしたものかな……。

事態を傍観していたイシュトは、思案した。召喚士マリーダという人物について、イシュトはなにも知らない。名前すら初耳だった。

ただ、客観的に見て、近衛騎士団の態度が横暴に映るのは否めない。

たしかに、マリーダが酔っぱらった挙げ句に洩らした言葉は、失言だったといわざるを得ない。あまりにも運が悪すぎた。あの巨人襲撃事件さえ起こらなければ、だれも問題にはしなかっただろう。

余計なお節介かもしれないと思いつつも、イシュトは助け船を出してやることにした。ついでに、まだ試していない眼術のテストもしておこう、と思った。

「おい、そこの騎士たち。待つがよい」

「あ?」

騎士たちは険しい顔をして、イシュトを振り返った。

「一部始終を聞かせてもらったがな。その女が、酒場でうっかり洩らした失言が証拠になるとは、とても思えん。そんなことで、いちいち近衛騎士団が無駄な労力を使っていたら、逆に真犯人を利することになりはしないか？　まったくもって、税金の無駄遣いだ」

「なんだ貴様は！」

と、隊長が憤怒《ふんぬ》の形相になった。

「見ての通り、ただの冒険者だ」

「ふん。まだ若造のようだが……近衛騎士団に意見しようとは、見上げた根性だ！　さぞかしハイレベルなんだろうな?」

「俺か？　レベルは0だが」

「……は？　ふざけるのも大概にしろ！　冒険者のレベルといえば、1からスタートするものだろうが！」

「ふっ。どうやら俺は特殊らしいぞ。詳しいことは、冒険者ギルドにでも聞いてくれ」

イシュトが微笑を浮かべると、副官の女騎士が隊長にささやいた。

「レベル0の冒険者――聞いたことがあります。もしかしたら、あの男が……」

「なんだ？　はっきりしろ」

「先日の巨人襲撃事件を鮮やかな手並みで解決したという、新人冒険者イシュト――イシュヴァルト・アースレイではないでしょうか」

「ほう。こんな細身の若造が、巨人スルトを？　はっ！　そいつぁ一体、なんの冗談だ？」

隊長は呵々大笑《かかたいしょう》した。つられて、周囲の騎士たちもげらげらと笑う。笑わなかったのは、女騎士だけだった。

この時点で、近衛騎士たちはイシュトの心証をひどく害してしまった。

大人しく帰ってくれれば、眼術の実験は勘弁してもよかろう、と思っていたのだが――これでもう、容赦をする理由もなくなったのである。

「まったく。弱い犬ほど、よく吼《ほ》えるものだな――」

イシュトは深紅の瞳《ひとみ》に意識を集中させた。

――眼術発動。

イシュトの視線が、騎士たちの目を刺し貫く。

目と目が合った時点で、もはや眼術は完了している。

逃れる術は、もうない。

今回の眼術は、「混乱」や「魅了」、そして「暗闇《くらやみ》」といった、定番の状態以上を緻密《ちみつ》に組み合わせたものだ。

イシュトが独自に開発した状態異常である。「幻惑」と名付けることにした。ただし、イシュトを笑わなかった女騎士に限っては、除外してやることにした。魔王の慈悲である。

「……うわあああああっ！」

イシュトに魅入られた近衛騎士たち四名は、断末魔さながらの叫び声をあげると、苦しみ悶《もだ》え始めた。

頃合《ころあ》いを見計らい、

「俺を見ろ！」

と、イシュトは鋭く一喝した。

たちまち、四人の騎士はイシュトを見上げた。そして愕然とした。

「国王陛下⁉︎」

たちまち、その場にひれ伏す騎士たち。

イシュトの眼術は、見事に成功していた。

騎士たちが見ているのは、イシュトであってイシュトではない。自分たちがもっとも敬愛している人物のイメージを、イシュトに重ねているのである。

彼らは近衛騎士だ。となれば、このレハール王国を統《す》べる現国王を幻視したのは当然だろう。むしろ、彼らの国王に対する忠誠心が証明されたともいえる。ここで別の人物を幻視するようであれば、近衛騎士の資格を剝奪《はくだつ》されても文句はいえない。

「陛下！　なんなりとご命令を！　我ら一同、陛下のためとあらば、命など惜しくはありませぬ！」

「よくぞいった！　それでこそ誉《ほま》れ高き近衛騎士である！　いまこそ諸君に命じる！」

「ははーっ！　なんなりと！」

「各自、うさぎ跳びで本拠地まで帰投せよ！」

「イエス・ユア・マジェスティ！」

四人の騎士は同時に叫ぶと、重たげな鎧をがちゃがちゃと鳴らしながら、うさぎ跳びを始めた。開けっ放しになっていた扉をくぐり抜け、そのまま往来に出てしまう。

フル装備の近衛騎士たちが、ぴょんぴょんとうさぎ跳びをしながら進んでいく様子は、シュールの一言に尽きた。

「ちょっ⁉　なにがどうなって……一体、彼らになにをしたのですか⁉」

女騎士が顔を真っ赤にして、イシュトに詰め寄ってくる。

「なに、ちょっとした催眠術のようなものと解釈すればいい。じきに解ける」

「なんと面妖な！　では、どうして……わたしだけは無事なのです？」

「まさか。お前だけが、俺を笑わなかった。それだけのことだ」

イシュトは真顔で答えた。

「…………」

女騎士は、しばらく無言でイシュトの顔を睨んでいたが、やがて溜息《ためいき》をついた。

「新人冒険者、イシュヴァルト・アースレイ……あなたには巨人スルトを討伐したという功績があります。それに、我々の捜査が性急《せいきゅう》だったのは否めません。今回は、大人しく引き下がります」

「うむ、賢明な判断だ。さっさと仲間を追いかけるがよい」

「くっ……偉そうに！」

女騎士は悔しげに呻《うめ》くと、外へ飛びだした。

「ふう……。また、つまらぬことに魔王スキルを使ってしまったな」

イシュトがぼそりとつぶやいたそのとき、拍手喝采《かっさい》が湧《わ》き起こった。

「やるなあ、あんた！」

「一体、どんな能力を使ったの？　ユニークスキルの一種かしら？」

「まるで赤子の手をひねるように追い払ったよな」

「近衛騎士団に盾突く冒険者なんて、初めて見たよ！　クールだね！」

絶賛の嵐《あらし》である。

イシュトは首をかしげた。近衛騎士団にちょっかいを出したことで、叱《しか》られる可能性も考慮していたのだ。

実際、ここには上級冒険者も少なからず居合わせていたはずなのに、だれ一人として、マリーダをかばおうとはしなかった。つまり近衛騎士団とは、それほど強い権力を持っているということだ。

「——あのう……」

と、背後から遠慮がちな声がかかった。

振り向くと、召喚士マリーダが所在なげに立っている。

「なんといいますか、いまいち状況がよくわからないんですけど——先ほどは、ありがとうございました。わたしを助けてくださったんですよね？」

「なに、大したことはしていない」

「本当に助かりました。口は災いの元といいますか……わたくし、酔っぱらうと見境がなくなってしまって……心から感謝申し上げます」

「まあ、なんだ。人の噂も七十五日という言葉もあるだろう。風評被害の件は気にするな」

「お気遣いいただき、ありがとうございます。それでは、失礼いたします」

マリーダは深々と一礼すると、立ち去った。

その寂《さび》しげな背中を見送ったあと、イシュトは自分のテーブルにもどったのだが――いざ食事を続けようとしたところ、たちまち客たちが詰め寄ってきて、口々に称賛の声を浴びせたのだった。

9

――その夜。

上級冒険者にして、一流の召喚士でもあるマリーダは、初めて入った酒場のカウンター席で、蜂蜜酒をちびちびと飲んでいた。

「はあ……」

思わず、酒臭い溜息がこぼれ落ちる。

あの巨人襲撃事件以来、マリーダの冒険者人生は、どん底まで落ちてしまった。

発端は失恋だった。

何度かパーティーを組んだことのある青年騎士に一目惚《ぼ》れしたのだ。幼少期から召喚士の修行に明け暮れていた彼女にとっては、なんと二十歳《はたち》をすぎてからの初恋だった。

片想《かたおも》いを続けること三年。

ある日、思い切って告白したところ、「実は婚約者がいるんだ」と告げられ、あっけなく玉砕した。もっと早く教えてほしかった……。

その後は、毎晩のように歓楽街の酒場に通い、泣きながら自棄酒《やけざけ》を呷《あお》ったものだ。そして、ついポロッと失言をしてしまったのである。

――こんな街、わたくしの召喚魔法で焼き尽くしてやるっ！

もちろん、周囲は一笑に付した。

だれも本気にはしていなかった。

そう、しょせんは酔っぱらいの戯言《たわごと》にすぎなかったのだ。

その翌日――炎の巨人スルトが、王都アリオスに降臨した。

あまりにも運が悪かった。

幸いにも、勇敢な冒険者たちの活躍により、人命が失われることはなかったが、負傷者は少なくなかったし、多くの建物が破壊されてしまった。

それ以来、「あの巨人を召喚したのって、やっぱりマリーダじゃないか？」という噂が、あちこちでささやかれるようになった。

冷静に分析すれば、マリーダに炎の巨人スルトを召喚できるような能力はない。

だが、いくら説明しても、噂は一人歩きしてしまう。

ついには、近衛騎士団が出動する事態となった。

もし、冒険者イシュトが助けてくれなければ、マリーダは近衛騎士団の詰所に連行された挙げ句、厳しい尋問を受けていただろう。

明日からは、久しぶりに大型クエストが始まるというのに、あわや不参加になってしまうところだった。

ここしばらく、運勢は最悪だったけれど、そろそろ運がむいてきたのかもしれない——とマリーダは思った。

そうだ、お酒はこれくらいにして、さっさと家に帰ろう……と、マリーダは思った。明日に備えて、ぐっすり眠っておかねばならない。

マリーダは勘定を済ませると、酒場を出た。

ほろ酔い気分で、魔晶灯《ましょうとう》が煌々《こうこう》と輝く歓楽街を、ゆっくりと歩く。火照《ほて》った顔を、夜風が優しく撫でてくれる感触が、心地よかった。

歓楽街と一口にいっても、複数の区画に分かれている。

いまマリーダが歩いている区画は、洒落たレストランや酒場が建ち並んでいて、いかがわしい雰囲気はない。カジノや娼館《しょうかん》といった大人むけの施設は、もっと奥まった区画に集中しているのだ。

マリーダは王都生まれ王都育ちであり、実家住まいである。この界隈《かいわい》もまた、彼女にとっては自分の庭のようなものだった。

治安も良いし、この時間帯なら通行人も多い。若い女が一人歩きしていても、特に問題はないはずだった。

「――召喚士マリーダ。ちょっと、いいかしら？」

突然、背後から声をかけられ、マリーダはドキリとした。

また、例の巨人襲撃事件に関することかもしれないと思ったのだ。

マリーダは警戒しつつ、背後を振り返った。

精巧な人形を思わせる少女が、ぽつんとたたずんでいる。

「あなたは……？」

「わたしはダーシャ」

と、少女は名のった。

ピンク・パールのように輝く髪が、なんとも浮き世離れしている。縦ロールにした髪型と相まって、貴族令嬢さながらの雰囲気を感じさせる。怖いくらいに澄んだ瞳は、まるで硝子《ガラス》の義眼のようだ。

黒を基調とする豪奢《ごうしゃ》なドレスは、生身の人間のためではなく、着せ替え人形のために仕立てられたかのように見えた。

その左肩に、奇妙な生き物をちょこんと乗せているのが、マリーダの注意を引いた。

見たこともない生き物だ。全身が白い体毛に覆われているので、哺乳類だと思われるが……

左眼には真っ黒な眼帯を装着している。見た目の可愛らしさと眼帯の物々しさが、ちぐはぐな印象を与えた。

「ふふっ。この子が気になるの？　わたしの大切な家族、アスモデウスよ」

「お初にお目にかかる」

その丸っこい珍獣は、まるで壮年の紳士のように渋い声で挨拶《あいさつ》をした。

「喋《しゃべ》った……!?」

マリーダは愕然として、後退した。

「おやおや、おどろかせてしまったようだ。これは失敬」

アスモデウスは飄々《ひょうひょう》とした調子で告げた。

「ええと……わたくしに、なんの用ですか？」

奇妙だった。

あれほど通行人がいたはずなのに――いまではもう、マリーダとダーシャ、そしてアスモデウスしか存在していない。

まるで二人と一匹だけが、世界から隔絶されてしまったかのようだった。

「まさか、魔法結界――!?」

ハッとして、マリーダは身構えた。

「いまさら気づいても、もう遅いわ。大丈夫。すぐに済むから――さあ、アスモデウス」

した。


「承知」

その刹那《せつな》、アスモデウスがダーシャの肩からぴょんと飛び降りると、見る見るうちに肥大化
純白だった体毛が、真っ黒に変貌していく。

マリーダをじっと見つめていた隻眼《せきがん》は、血のように赤く、爛々《らんらん》と輝き始めた。

そして――。

「召喚士マリーダとやら！　失礼つかまつる！」

そう宣言するや、アスモデウスはカパッと大口を開いた。

闇《やみ》の深淵《しんえん》が、マリーダの眼前に迫る。

「――!?」

悲鳴をあげる間もなく、マリーダは丸呑《まるの》みにされていた。

QUEST 4「やっと会えたわね。わたしだけの魔王様」

1

——翌朝。

宿酒場〈魔王城〉の一階で朝食を取ったイシュトたちは、

「ご主人様に、お嬢様がた。行ってらっしゃいませ〜！」

エプロン姿のシロンに見送られながら、気持ちよく出発した。相変わらず、シロンは妙なサービスを続けているが、あえて気にしないことにする。イシュトはともかく、リッカとミラブーカは「お嬢様」扱いされて、まんざらでもない様子だった。

最初の目的地は、もちろん冒険者ギルドである。

「とりあえず、今日は簡単な討伐《とうばつ》クエストを受けるつもりだ。道具士が加わることで戦況がどれほど有利になるのか、確かめておく必要があるからな」

イシュトはミラブーカを振り返った。

ミラブーカは朝からニコニコ顔である。その肌は瑞々《みずみず》しく、ほっぺたは薔薇《バラ》色で、つやつやと輝いている。衣類も洗濯したので、さっぱりしている。昨日、街道で出会ったときとは、まるで別人だった。

「ふふーん。いっておきますが、あたしはただの道具士ではありません。いずれは『アイテム・マスター』になる器ですからね！　一緒に戦っているうちに、あたし無しでは生きられないカラダになりますよ！」

「アイテム・マスター？　なんだそれは？」

イシュトは首をかしげた。

「ミラちゃん！　それって、もしかして固有ジョブの一種ですか⁉」

と、リッカが興奮気味に身を乗りだした。

冒険者の世界においては、騎士や黒魔道士のような一般ジョブとは別に、個人に与えられる固有ジョブなるものが存在する。たとえば、アイリスのジョブ〝白騎士《ロスヴァイセ》〟が有名だ。

「まさか、それほどの有望株なのか？」

イシュトが若干の期待をこめて尋ねると、

「いえ、そういうわけでは……アイテム・マスターというのは、あたしのお祖父《じい》ちゃんが聞かせてくれた童話の主人公です。道具士の家に生まれた主人公は、最初は騎士に憧《あこが》れていたんですけど、渋々ながらも道具士稼業を続けているうちに、いつしかアイテム・マスターと呼ばれるほどの逸材になったんです。あたし、あの童話が大好きで――」

「なんだ、そういうことか」

「あーっ！ イシュトさん、いまバカにしましたね！ いっておきますが、アイテム・マスターは史上最強の道具士なんです！ いうなれば、騎士、黒魔道士、白魔道士を統合したような存在……近距離から遠距離までをカバーし、回復などの支援もこなす最強の冒険者――もはや武神といっても過言ではありません！」

道具士と武神……残念だが、まったく結びつかなかった。

「なにはともあれ、目標があるのは良いことだ。せいぜい頑張れ」

「むきーっ！ 全っ然、心がこもってませんね！」

「まあまあ、ミラちゃん」

苦笑を浮かべつつ、なだめるリッカ。

そんなふうに他愛《たあい》のない話をしながら歩いていると、やがてメイン・ストリートに差しかかった。

「ん？ なにやら騒がしいな」

イシュトは足を止めた。

「かなり大勢、集まってますね。なにかのイベントでもあるんでしょうか？」

リッカもイシュトと同じく、なにも知らされていないようだ。

「うえ～。あたし、人混みは苦手です……できれば、さっさとやりすごしたいですね」

一方、ミラブーカはうんざりした様子を見せた。

いまやメイン・ストリートは、お祭り騒ぎの様相を呈している。しかし、お祭りなどの行事にしては、開催時刻が早すぎて、不自然な気がした。まだ九時にもなっていないのだ。

「――あら、イシュトさんにリッカさん。それにミラブーカさんも。おはようございます」

と、背後から聞き慣れた声がかかった。

振り返ると、エルシィがさわやかな笑みを浮かべている。しかも私服姿だった。これまで制服姿しか見たことがなかったので、イシュトの目には新鮮に映った。プロフェッショナルなギルド職員という印象が薄まった半面、可憐《かれん》さが増している。

「おお、エルシィ。こんなところで会うとは、奇遇だな」

「イシュトさんたちこそ、今朝はお早いんですね」

「いつの間にか、冒険者の生活スタイルが身についてしまったらしいな。日常生活から優雅が失われていくのは、つらいものだ……」

イシュトはしみじみとした気分で答えた。

「いえいえ。むしろ冒険者としては、良い傾向だと思いますけど」

エルシィは笑顔を見せた。

「ところで、この騒ぎは何事だ？」

「ご存知なかったんですか？　ギルドの掲示板でも告知されていましたけど」

「いや、見ていないな」

引っ越しなどでバタバタしていたので、見過ごしていたのだろう。

と、さわやかな朝の空に、盛大なファンファーレが鳴り響いた。

「ふふっ。もう説明は不要ですね。そろそろ、目の前を通りますよ」

エルシィは微笑《ほほえ》むと、大通りに視線を移した。

イシュトもエルシィの視線を追った。

リッカとミラブーカも大通りを覗《のぞ》きこもうとしているが、いかんせん目の前の群衆が邪魔をして、うまく見通せないようだ。特に小柄なミラブーカは、顔を真っ赤にしながら、ぴょんぴょんとジャンプを始めた。

「ふんぬー！　見えませんっ！　イシュトさん、抱っこしてください！　抱っこ！　肩車でもいいですよ！」

「お子様か！　断固として拒否する！」

イシュトがうんざりとして答えたそのとき――。

ザッザッ……と勇ましい足音をたてながら、颯爽《さっそう》と行進してくる一団の姿が見えた。その全貌《ぜんぼう》はうかがい知れないが、足音の規模から察するに、百人ほどのパレードだと思われた。次第に、こちらに接近してくる。

先頭を行くのは、なんとアイリスだった。

その背後には、ランツェ、ルテッサ、ゲルダ、聖獣クルルの姿もある。

彼女たちはフル装備の姿だった。次の瞬間に凶悪なドラゴンが出現したとしても、即座に応戦できるだろう。

やがて、先頭集団がイシュトたちの目の前を通過する。

そのとき――なにげなく、アイリスがこちらに視線をむけた。

長い睫毛《まつげ》に縁取られた、紫水晶のような双眸《そうぼう》が、イシュトを見つける。

目と目が合った。

アイリスは無表情を保《たも》ちながらも、イシュトに手を振った。

思わず、イシュトも軽く手を振り返した。

そのまま先頭集団は目の前を通過して、すぐさまアイリスの姿は遠ざかっていった。

次の瞬間、イシュトの周囲で、次々と驚愕《きょうがく》の声があがった。

「おい！　いまの見たか!?　あの白騎士《ロスヴァイセ》が手を振ったぞ！　もしかして俺《おれ》に……？」

「はあっ？　お前のわけないだろ！　俺だよ！」

「まあ待て。あのアイリスさんが一般市民に手を振るなんて、前代未聞だぞ？　飛んでる虫を手で払った、とかじゃないのか？」

「いや、どうかな？　あの仕草は、だれかにむけて手を振ったとしか見えなかったが」

「もしや恋人でもできたのか⁉」

「なっ、なんだってー⁉」

どんどんヒートアップする野次馬《やじうま》たちを傍観しつつ、イシュトは感嘆した。

アイリスがちょっと手を振っただけで、これほどの騒ぎになるのだ。

どうやらアイリスの人気ぶりは、イシュトが漠然と想像していたよりも、はるかに高いようだった。

2

まだまだパレードは続く。

「それで、これはなにを記念するパレードなのだ？　見たところ、冒険者ばかり――しかも上級者ばかりのようだが」

「実は、このたびベルダライン支部長の提案で、『第三次特殊迷宮探索部隊』が結成されまして。その出陣を、お見送りするための記念行事なんです」

と、エルシィは流暢《りゅうちょう》に説明した。

なるほど、ルテッサが言及した大型クエストとは、これのことだったんだな……と、イシュトは納得した。

「そういう部隊を派遣するのは、よくあることなのか?」

「はい。年に何度か、上級冒険者だけで特別部隊を編制し、王国各地に存在する大型ダンジョンに挑むんです。ちなみに、前回の遠征先は『バルディオス神殿塔』でした」

「どこかで聞いたことがあるような……?」

「当然です。イシュトさんが保護された場所ですから」

「ああ、そうだったな。道理で聞き覚えがあるはずだ」

そう、前世で勇者パーティーの奸計《かんけい》にハマり、異世界に吹き飛ばされたイシュトは、あの神殿塔の最上階で目覚めた。そこでアイリスたちに出会い、保護されたのである。

「第三次というのは、どういう意味だ? 何度も探索部隊を派遣せねばならぬほど、難易度の高いダンジョンなのか?」

「はい。実は王家直轄のエリアに、一つだけ未攻略ダンジョンがありまして。文字通り、今回が三度目の探索になります。かれこれ十年ほど放置されていたんですけど、支部長の気まぐれといいますか……ここに来て派遣が決まったんです」

「いまだに攻略できていないということは、相当にハイレベルなダンジョンらしいな」

「ええ。それはもう……」

エルシィが真顔で応じたそのとき、イシュトはパレードのなかに見覚えのある顔を見つけだした。

「おっ。たしか、あいつらは――」

以前、イシュトが懲らしめたことのある、リザードマンの兄弟だった。名前は知らない。魔道士系の兄と、戦士系の弟という組み合わせだ。兄のほうが小柄で、弟のほうが圧倒的な巨軀《きょく》を誇っているのが特徴だった。

「まさか、あの兄弟も参加しているとはな。俺から見ればひよっこ同然だったが、あれでも上級冒険者というわけか」

そういえば、イシュトの眼術が妙な形で作用した結果、弟には「女体化」という状態異常が付与されたのだが、無事に回復できたようだ。いまや戦士の貫禄《かんろく》を取りもどし、兄の背後をのっしのっしと歩いている。

イシュトの視線に気づいたのか、ふと、兄弟がこちらを見た。

「――⁉」

イシュトと目が合ったとたん、兄弟は驚愕の相となった。そして、気まずそうにサッと目をそらしてしまった。

3

リザードマン兄弟を見送ったあと、イシュトはエルシィとの会話にもどった。

「――で、アイリスたちが挑むのは、どのようなダンジョンなのだ？」

「魔女の迷宮〈グラキオス〉といいます。過去に二度、大規模な探索部隊が派遣されたものの、あえなく失敗に終わりました」

「ふむ、一筋縄ではいかんダンジョンらしいな。名前からして思わせぶりだ。そもそも『魔女の迷宮』とは、どういう意味だ？」

「魔女とは、生まれながらにしてふしぎな力に恵まれた女性たちを意味します。この世界には、そうした魔女たちが独自に構築したダンジョンが存在します。一般的なダンジョンとは異なり、いろいろと厄介な仕掛けが施されているのが特徴です」

「つまり、アイリスたちが挑む〈グラキオス〉とやらにも仕掛けがあるのか？」

「はい。それこそが、いまだに攻略されていない理由です。〈グラキオス〉の内部構造は、七日間おきに破棄され、再構築されるんです」

「なんだと？」

　さすがのイシュトも、これにはおどろいた。かくも奇妙なダンジョンなど、見たことも聞いたこともない。この世界には、よほど強大な力を秘めた魔女が存在するのだな……と、素直に感嘆した。

「いわば自動生成のダンジョンですね。いまだに、どこまで潜れるのかは不明ですし、現在では第三階層までしか到達できていません。あまりに難易度が高いので、第二次探索以来、十年ほど放置されていたんです」

「そうと聞けば、ますます興味が湧《わ》いてしまうが……」

「だめですよ、イシュトさん。いくら常識外れの戦闘力をお持ちだからとはいえ、担当官として、無茶を認めるわけにはまいりません」

エルシィは完璧《かんぺき》な笑みを浮かべると、やんわりとイシュトを諭した。

「うむ……わかっている」

イシュトが苦笑まじりに応じたそのとき、朝の九時を知らせる鐘が聞こえてきた。

付近にある神殿の鐘楼《しょうろう》で羽を休めていた鳩《ハト》たちが弾《はじ》かれたように、一斉に飛び立つ。まるで牡丹雪《ぼたんゆき》のように、羽毛をはらはらと降らせた。

その鐘の音を聞いて、エルシィはハッとした。

「すみません！　わたくし、もう行かなくちゃ――失礼しますね！」

エルシィは一礼すると、足早に立ち去った。

どうやら自分が引き留めたせいで、遅刻させてしまったようだな……と、イシュトは気づいた。普段のエルシィならば、受付カウンターで笑顔を浮かべている頃合《ころあ》いなのである。

そのとき、ちょうどパレードの最終グループが、イシュトたちの目の前をゆっくりと通り過ぎていった。

ようやく、このお祭り騒ぎも終わりそうだな……と思った直後、ひときわ印象的な女が目に留まった。

ウェーブのかかった黒髪を、優雅に垂らした女である。妖艶《ようえん》な微笑を浮かべながら、パレードに参加している。その佇《たたず》まいときたら、まるで闇夜《やみよ》の中央に浮かぶ、蒼白《あおじろ》い三日月のようだった。

「ん？　あの女、どこかで会ったことがあるような……？」

イシュトは首をひねった。

と、イシュトの周囲で、野次馬たちが好き勝手に噂話《うわさ》を始めた。

「おい。あんな魔道士、見たことあるか？　とんでもない美人だけど」

「あの杖《つえ》は、召喚士用だよな……あっ！　もしかして、マリーダさんじゃないか？」

「ほんとだ！　眼鏡《めがね》を外してるし、髪型も変えてるから気づかなかった！」

「やけに化粧もばっちり決めてるよな。一体、どういう風の吹き回しだ？」

「新しい恋でも見つけたのかな？　まさか、あんなにいい女だったとは……」

「遠征から返ってきたら、声をかけてみようかなあ」

「おいおい。召喚士マリーダといえば、例の事件の容疑者だって噂だぜ？」

「そんなの風評だろ？」

そうか、召喚士マリーダだったのか——と、イシュトは納得した。

いわれてみれば、ちゃんと面影がある。

と、ちょうどマリーダがイシュトの正面に差し掛かった。

なぜだか、マリーダは瞬時にイシュトを見た。

まるで、イシュトがそこに立っていることを、最初から知っていたかのように――。

イシュトの視線と、マリーダの視線がぶつかる。

と、脳裡《のうり》に挑発的な声が響いた。


『やっと会えたわね。わたしだけの魔王様』


「なんだと……？」

イシュトは戦慄《せんりつ》した。

マリーダはイシュトに対し、念話で挨拶《あいさつ》をよこしたのだ。

だが、頭に響いた声は、昨日のマリーダとは似ても似つかなかった。

まるで十代前半の少女のように、澄んだ声音《こわね》だったのである。と同時に、どこか背筋を凍らせるような冷たさも感じられた……。

その瞬間、イシュトがマリーダに対して抱いたイメージとは――。

まさしく「魔女」であった。

イシュトがおどろいている間に、パレードは通過した。この一帯に集まっていた人々も、徐々に解散していく。

だが、イシュトだけは動けなかった。

一体、マリーダはどうしてしまったのだろう？

近衛騎士団から救ってやったのが、昨夜のことだ。野暮《やぼ》ったい眼鏡をかけた、真面目《まじめ》そうな女だったように思う。

たった一晩の間に、いくらなんでも変貌しすぎである。まさか野次馬たちが噂していたように、新しい恋でも見つけたのだろうか？

「そういえば……」

奇妙なのは、マリーダの肩に一匹の小動物が乗っていたことだ。

まん丸な形をしていた。全身は白い体毛に覆われていた。小動物のくせに、海賊じみた眼帯を装着しているのが不気味だった。そういえば、あの小動物もまた、イシュトを興味深げに、じっと見つめていた……。

妙な胸騒《むなさわ》ぎがした。

マリーダのことが気になって仕方がない。

どうして、あれほどの変貌を遂げたのか。

そして、あの奇妙な念話の意味は……？

たしかに、マリーダはイシュトを「魔王様」と呼んだのである。

4

「けしからんです！　本っ当に、けしからんです！　誉れ高い探索部隊に、道具士が一人もいないなんて！」

と、イシュトの物思いを吹き飛ばすように、ミラブーカが叫んだ。

その言葉で、イシュトは我に返った。

「なあ、リッカ。召喚士マリーダについて、なにか知っているか？」

少しでもマリーダに関する情報が欲しいと思ったイシュトは、リッカに尋ねてみた。

「ええと……わたしも詳しくは知らないんですけど」

「それでも、俺よりは詳しいだろう？　知っていることがあるなら、教えるがよい」

「腕利《うでき》きの召喚士さんとして、とても有名な人ですね。特定のパーティーには所属せず、ずっとソロ活動を続けておられるとか」

「召喚士がソロ活動？　そんなことが可能なのか？」

召喚士といえば、呪文《じゅもん》の詠唱にやたらと時間がかかるというイメージがある。ソロ活動ができるとは、とても思えなかった。

「もちろん、実際にソロで戦うわけではないですよ。召喚士を必要とするパーティーを見つけたら、その都度、臨時メンバーとして加えてもらうスタイルですね」

「なるほど、そういうことか」

「召喚士は圧倒的な破壊力をもたらす反面、使いどころが難しいんです。需要が限られているという点では、道具士に近いかもしれませんね」

「リッカさん、いま道具士の悪口をいいましたか⁉」

「ちっ、違いますよミラちゃん！　決して、悪くいうつもりは……！」

「ふむ……特定のパーティーには所属せず、臨時パーティーを組むという生活を続けていたわけか。効率は悪そうだが、あの若さで上級冒険者になれたのだから、よほどのエリートなのだろうな」

「ただ、ここ最近は失恋したり、巨人召喚の犯人呼ばわりされたり……と、災難が続いていたようです。昨日だって、近衛騎士団に連行されそうになりましたし」

リッカが遠慮がちに補足したとたん、

「あーっ！」

ミラブーカが素《す》っ頓狂《とんきょう》な声をあげた。

「イシュトさんってば、マリーダさんをカッコ良く助けたじゃないですか！　しかも、マリーダさんは失恋して間もない時期だったり、近衛騎士団に絡まれたりと、散々な状況で……そこにイシュトさんが颯爽と現れた！　これはもう、恋の予感がしますよ！」

「おい、ミラブー。なんでも恋愛に結びつけたがるのは、お子様の悪い癖だぞ」

「なっ、なんですとー⁉　失礼しちゃいます！　こうなったら……今日のクエストでは大活躍して、あたしの実力を認めさせてやりますよ！」

ミラブーカは自信たっぷりに宣言してみせた。

「うむ、そうだな。パレードも終わったことだし、俺たちは俺たちで、自分の仕事を始めるとするか」

イシュトは気持ちを切り替えると、冒険者ギルド王都支部を目指すことにした。

召喚士マリーダの件については、いったん保留にしようと決めた。

現状、わからないことが多すぎる。

そもそも、マリーダとは知り合ったばかりだ。

どのような人物なのかも詳しくは知らない。なにか特殊な事情を抱えている可能性だってあるだろう。

ただし、マリーダが念話を使って、イシュトを「魔王様」と呼んだ件については、いずれ問いただす必要があるな——と、イシュトは思った。

QUEST 5「ポーションとはいえ、人にむかって投げたら立派な凶器だ」

1

冒険者ギルド王都支部で手頃《てごろ》なクエストを受注し、ついでに「チーム・イシュト」というパーティー名を申告したイシュトたちは、すぐに王都を発《た》つのではなく、商店街に立ち寄ることにした。

まずはミラブーカの所持品を買いそろえよう――という話になったからだ。

道具士のミラブーカは、なにかしらアイテムを所持していないと、戦闘の役に立てないのである。

「道具屋でしたら、あたしに任せてください！　いいお店を知ってますよ！」

ミラブーカが意気揚々と案内したのは、いかにも庶民的な道具屋〈銀の子豚〉だった。

軒先の看板には「痒《かゆ》いところに手が届く激安ショップ！」というキャッチ・フレーズが併記されている。

商店街の裏手に位置していて、お世辞にも立地が良いとはいえないが、客の入りは良く、店内は活気に満ちている。

どうやら、値段の安さと品ぞろえの豊富さで勝負するタイプの店らしい。決して広くはないフロアには、背の高い棚が所狭しと並んでいて、どの通路も一人がやっと通れるほど狭い。

「いらっしゃーい！　あれれーっ？　ミラちんじゃーん！　しばらく見なかったけど、元気してた～？」

入店早々、店員の一人が声をかけてきた。

全身がきらきらと輝いているかのような、派手な少女だ。

年の頃は十代の半ばで、ミラブーカと大差ないように見える。よく見ると耳がぴんと尖《とが》っているので、エルフだと思われる。

「どーも……お久しぶりです、ミゼットさん」

ミラブーカは乾いた笑いを浮かべた。

簡単な配達クエストを失敗した挙げ句、一週間も行方《ゆくえ》不明になっていたとは、とても恥ずかしくていえないようだった。

「や～ん、相変わらず可愛《かわい》いんだから！　食べちゃいたいくらい！」

ミゼットと呼ばれた店員は、猛然とミラブーカに抱きついた。

「ええい、自重せんか！　他の店に行きますよ！」

と、露骨に嫌がるミラブーカ。

「そんなことといっていいのかな～？　うちより安くて品ぞろえのいい店なんて、他にないと思うけど？」

「ぐっ……それをいわれると、つらいですが」

「あれっ？　いつもはソロなのに、今日はパーティーを組んでるの？」

ミラブーカの背後に控えていたイシュトとリッカに気づくなり、ミゼットは小首をかしげた。

そして、ぽんと手を叩《たた》いた。

「そういや最近、『レンタル冒険者』ってサービスがあるらしいよね？　プロの役者さんが、仲間のふりをして付き添ってくれるやつ。あんなくだらないサービスでも需要があるんだから、びっくりだよねー。でもね、ミラちん！　友情はお金じゃ買えないんだよ！　目を覚まして！」

「違います！　あたしにも、ついに仲間ができたんですよ！　聞いておどろかないでくださいね！　こちらのお兄さんは、あの超大型新人――イシュトさんです！」

「ええっ!?　ほんとに、あのイッシー!?　マジなの!?」

「大マジです！」

「うわわわわーっ！　ほんとにイッシーなんだ！　すごーい！　あのイッシーがうちみたいな安売り店に来てくれるなんて、夢みたい！　生イッシー入りましたー!!」

ミゼットは瞳《ひとみ》をきらきらさせながら、イシュトを食い入るように見つめてきた。

その勢いには、さすがのイシュトもたじたじとなってしまう。そもそも「イッシー」とは一体……。

「いやー。てっきり、ミラちんの自尊心を満たすための〝レンタルさん〟かと思ったんだけど、れっきとした冒険者だったんだねー」

「当たり前です！　ミゼットさんは、あたしをどういう目で見ていたんですか⁉」

「ぷりぷりと怒ってるミラちんも可愛い～！　ねーねー。冒険者なんて危ないお仕事は辞めて、うちで働かない？」

「お断りです！　あたしにはアイテム・マスターになるという夢があるんですから！」

「そっかー、残念。でもでも、夢にむかって突き進むミラちんも大好きだよ！　それじゃ、ごゆっくり～！」

ようやくミゼットが立ち去ると、

「はあ、なんだか疲れました……」

ミラブーカは大きな溜息《ためいき》を洩らした。

「なんというか、圧倒されてしまいましたね」

と、リッカが呆然《ぼうぜん》としながらつぶやいた。

「このお店は好きなんですけど、ミゼットさんのノリだけは苦手です……」

「俺《おれ》はむしろ、お前に友達がいたことにおどろいているがな」

イシュトが指摘すると、ミラブーカは眉根《まゆね》を寄せた。

「別に友達じゃありませんよ。このお店に通っているうちに、ちょくちょく話すようになっただけで……」

「そうか？　少なくとも、ミゼットはお前を友として認めているように見えたがな。リッカも、そう思うだろう？」

「はい。ミラちゃんが好きすぎてたまらないって感じでしたよね」

「………………」

ミラブーカは照れてしまったのか、ほんのり頬《ほお》を染めると、くるりと背をむけてしまった。

2

ミラブーカ用のアイテムや、糧食などの必要物資を調達したのち、イシュトたちは王都アリオスを発った。

今回の目的地は「サボイム湿原」という。

王都から歩いて、二時間ほどで到着できた。

この地帯に足を踏み入れたとたん、空は暗灰色《あんかいしょく》の雲に覆《おお》われ、風は湿り気を帯びた。

なんでも、元々は観光名所として有名だったそうだが、百年ほど前からモンスターの巣窟《そうくつ》になったという。目にも鮮やかな深緑が広がっていた湿原は、いつしか悪魔的な不気味さに覆われてしまったのである。

ここに棲《す》みついたモンスター「レプティリス」の繁殖力はすさまじく、いくら討伐《とうばつ》しても切りがなかったそうだ。

しかも、レプティリスには毒性があり、いつしか湿原自体が汚染されてしまった。美しい草花は枯死《こし》し、代わりに不気味な植物が生えるようになった。やむを得ず、王国政府はサボイム湿原に一般人が立ち入るのを禁じたのだった。

なお、レプティリスには魔石の一種「蜥瑛珠《せきえいじゅ》」を落とすという習性がある。この魔石は武具や装飾品の素材として使えるため、高値で取引されている。

そこで、冒険者の出番となる。

今回の任務達成条件は、「蜥瑛珠を十個以上採取する」ことである。

つまり十個以上であれば、いくら採取してもかまわないということだ。たくさん入手すればするほど、報酬もアップする仕組みである。

ただし、蜥瑛珠のドロップ率は、せいぜい五パーセントだという。

単純計算すれば――二十匹を討伐して、ようやく一個。

十個の蜥瑛珠を集めようと思ったら、およそ二百匹を討伐する必要がある。いくら下級モンスターとはいえ、これだけ狩ろうと思ったら、それなりに大変だ。時間制限さえなければ問題ないのだが、依頼主の意向で、このクエストには厳格な期限が設定されている。

なんと、締切は今日の十八時。

帰りの移動時間を考慮すると、作業時間は三時間ほどしかない。

しかも、発注開始は今朝《けさ》の九時だったのである。

報酬の高いクエストでありながらも、他の冒険者たちが敬遠したのは、この時間指定が厳しいためだった。

それでも、イシュトは「勝算あり」と判断し、このクエストを受注したのだった。

ちなみに、推奨レベルは3に設定されている。イシュトにとってはヌルいが、今回はミラブーカの戦闘スタイルを知るという目的があるので、手頃な難易度といえた。

もちろん、リッカの魔法修行も兼ねている。時間制限が厳しいものの、うまく成功させれば、一石二鳥どころか「一石三鳥」になるだろう。

イシュトは前向きな気分で、湿原をどんどん進んでいった。

3

——なんだか、おどろおどろしいフィールドです……。

リッカがサボイム湿原を訪れるのは、初めてのことだった。

モンスターによる汚染がなければ、いまでも観光名所として、多くの人々が訪れていたのだろうが、いまや見る影もない。

あちこちには、木造の足場が設置されている。泥土の上を歩くよりは、はるかに安全だった。以前は多くの観光客が訪れ、ここから雄大な景観を楽しんだのだろうが、いまではもう、分厚い板の表面には苔《こけ》が生《む》している。

それでも、モンスターに破壊されることもなく、いまなお通路としての役目を果たしているのは、奇跡的ともいえた。

「うむ、強度は問題なさそうだな。行くぞ」

イシュトが足場を利用して、悠然《ゆうぜん》と歩いていく。

続いて、リッカも通路に足を掛けた。イシュトが評した通り、かなり頑丈に造られているようなので、安心した。

最後に、大きなバッグを肩に下げたミラブーカが「よっ」と掛け声をあげて、足場に飛び乗った。

「大丈夫ですか、ミラちゃん?」

リッカが手を差しのべると、

「このくらい、問題ないですよ」

ミラブーカは得意げな笑顔を見せた。事実、足取りはしっかりしているし、疲れた様子もない。スタミナだけなら、中級冒険者に匹敵《ひってき》するのではないだろうか。

「ミラちゃんって、わたしよりも体力ありそうですね」

「ふっふーん。あたしには『健脚』というスキルがあるんです。我がステルヴィオ家には、このスキルを持って生まれる人が多いんですよ」

「それは素晴らしいです……！」

「健脚スキルがあるだけで、道具士の価値は飛躍的に上昇します。まあ……この事実は、ほとんど知られていませんけどね」

「たしかに、今日はミラちゃんがたくさんの荷物を持ってくれたおかげで、移動するのが随分と楽でした」

「リッカさんも、少しずつ道具士の良さがわかってきたみたいですね！」

ミラブーカは得意満面である。

その自信を、少しはわたしにも分けてほしい……と、リッカは切実に思ったが、いまはクエストの真っ最中である。弱気になっている場合ではない。

――あたしもミラちゃんのように、もっと自分に自信を持たなくちゃ。

と、リッカは自分自身にいい聞かせた。

「そろそろ、標的に遭遇してもいい頃だと思うのだがな……」

リッカとミラブーカの会話を背中で聞きながら、イシュトはずんずんと木造の通路を進んでいく。いまのところ、モンスターの気配はない。

今回の討伐対象「レプティリス」に関する情報を、イシュトは脳裡で反芻した。

その外観は、トカゲにそっくりだという。

体長は平均して二エイル（≒約二メートル）。冒険者ギルドでは小型種に分類されている。

知能は低いそうだが、凶暴で、雑食で、しかも致死性の毒を持っているという。

下級とはいえ油断は禁物だ。イシュト自身は大抵の攻撃を防御できるが、リッカとミラブーカが嚙《か》まれないよう注意する必要がある。逆にいえば、その点さえ注意していれば、特に問題はないだろう。

目標討伐数は、およそ二百匹。

とにかく、狩って狩って狩りまくるのみだ。

そういえば――と、イシュトは大事なことを思い出した。

実は今回、ちょっとしたアイデアを温めていたのだ。

「なあ、リッカ。聞きたいことがある」

イシュトはリッカを振り返った。

「はい、なんでしょう？」

「うむ。これは俺の故郷の話なのだがな。四大属性に基づく魔法というやつは、戦闘フィールドの環境に大きく左右される——と教えられたことがある。こちらの世界でも、似たようなものか？」

「そうですね。環境特性に合った魔法を取捨選択《しゅしゃせんたく》するのも、大事なことです。わたしなんかは未熟ですので、そこまで冷静に計算した上で立ち回るのは難しいですけど……」

「いや、事前情報をしっかりと把握しておけば、そう難しくもないだろう。たとえば、このような湿地帯ではどうだ？　火属性魔法の効果がダウンするのではないか？」

「たしかに、そうですね。火属性の魔法と湿地帯の相性《あいしょう》は最悪です。逆に、水属性魔法の威力は大幅に上がります」

「ふむ、俺の思ったとおりだな」

「あっ！　つまり、今回は水属性の魔法で攻めればいいということですね！　こんなわたしでも、環境特性を戦術に組みこめるなんて……！」

　あのリッカが、珍しく頬を紅潮させて興奮している。これまでは、とにかく誤爆の件が気になってしまい、環境特性を考慮するような余裕など皆無だったのだろう。だが、今回は最初から湿地帯での戦闘になると判明しているので、どの魔法を使うべきか、事前に考える余裕があるのだった。

　そう、常識的に考えれば、水属性の魔法を使えば威力が増大する。

敵が水属性に強ければ意味はないが、レプティリスは湿原に棲息《せいそく》している割に水属性は低く、土属性を強く帯びたモンスターだ。その点でも問題はない。

リッカが「水属性の魔法で攻めれば……」と判断したのは、常識的に考えれば正しい。

だが――イシュトは、あえて断言した。

「いや、むしろ火属性で攻めるのだ」

「えっ⁉ どうしてですか？ 湿原で火属性の魔法を使っても――」

「湿原ならばこそ、だ。この特殊な環境を利用して、あえて攻撃魔法の威力を下げてやるのだ。そうすれば、少しは誤爆の可能性も減るだろう」

手段はどうあれ、成功体験を少しずつ増やしていけば、それだけリッカの自信につながるはずである。

自信は精神的な余裕を生む。

その結果、いまよりも魔力の制御に集中できるようになれば、やがて誤爆癖は解消され、ついには一流の黒魔道士として開花するはず――というのが、イシュトの狙《ねら》いだった。

「作戦は前回と同様、俺が囮《おとり》になって、やつらを適当な場所に誘導する。合図をしたら、ファイアボールを撃て」

「はい、わかりました！」

リッカは真摯《しんし》な顔で応じた。

「ミラブーには回復支援を頼む。万が一、リッカやお前自身が負傷したときは、すぐに待避してポーションを使え」

「ふっ、冗談じゃありません」

素直なリッカとは対照的に、ミラブーカは反論した。

「もしかして、道具士を白魔道士の代わりだと思っていませんか？　いっておきますが、優れた道具士なら前衛だって立派に務まるんです！」

「前衛なら俺がいるし、攻撃はリッカの黒魔法を優先させる。あくまでも、お前の役目は戦闘支援であって――」

イシュトが顔をしかめて説教しようとしたとたん、

「シャアアアアアアアアアアアアアッ！」

肉食獣とは趣《おもむき》の異なる、不気味な咆吼《ほうこう》が轟《とどろ》いた。そして、草叢をガサガサッと鳴らしながら、ぞろぞろとモンスターの群れが現れた。

レプティリスと見て間違いない。冒険者ギルドで閲覧した絵図とも一致する。すでに十匹以上が群れをなし、イシュトたちにむけてじわじわと接近してくる。

魔王たるイシュトを目の当《ま》たりにしても、恐れたり警戒したりする様子はない。事前情報の通り、知能はかなり低いようだ。

「ようやく、お出ましか――」

イシュトが真顔でつぶやいた直後、

「お見せしましょう、道具士の真髄《しんずい》を！」

ミラブーカが役者めいた口調で叫ぶと、ダダッと駆けだした。重たいバッグを所持しているにもかかわらず、猫のような俊敏さである。

「おい！　勝手な行動はするな！」

イシュトの制止も聞かず、ミラブーカは愛用のバッグからなにかを取りだした。そして、レプティリスの群れをめがけて、

「うりゃーっ！」

灰色の空を貫くような掛け声とともに、思いっきり投擲《とうてき》した。

謎《なぞ》の物体は綺麗《きれい》な放物線を描いて、レプティリスの密集地点に落下した。おどろくほど正確なコントロールだった。

閃光《せんこう》。続けざま、盛大な爆発音《ばくはつ》が轟いた。

「クルォオオオオッ……」

断末魔の叫びをあげながら、レプティリスの群れは吹き飛んだ。

「ふふーん。どうです？　対モンスター用の手投げ爆弾です。だれでも気軽に投げられますし、安全に運搬できるのが特徴です。特に、道具士のアビリティ『ぶん投げ』と組み合わせれば、百発百中ですよ！」

「たしかに、見事に吹き飛んだな……」

イシュトは感心した。見た目こそ、ミラブーカの小さな手でも握れるような、ごく平凡な球体にすぎないが、あれだけの威力があり、しかも安全に運搬できるなら、道具士にとって有効な攻撃手段となる。一体、どんな仕組みで作動するのかは謎だが……。

ともかく、レベル1の道具士でもアイテムの使いようによっては、こんな戦い方ができるのだ。

なによりも、本人のレベルに関係なく、アイテムの性能によって攻撃力が決定するというのは、面白《おもしろ》いと思った。強力な攻撃アイテムを持たせてやれば、ドラゴンだって討伐できるかもしれない。

「ふむ。道具士のアビリティについては、理解した。それにしても、これだけの芸当ができるなら、どうして二年もの間、ずっとレベル1に甘んじていたのだ？」

「それは……生活費を稼ぐのがやっとで、手投げ爆弾なんて買えなかったからですよ」

「いかにも、お前らしいな」

「ついでにいえば、あたしのアビリティ・レベルはMAXに達してますので、もはやアイテムであれば、なんでも投擲可能です。たとえば、武器なんかも厳密にはアイテムの一種ですからね。たとえ伝説級の武器だろうが、お望みとあらばぶん投げてやりますよ！」

「うむ、その意気やよし——といいたいところだが、少しは自重しろ。お前が攻撃ばかりしていたら、リッカの修行にならんだろうが」

イシュトは溜息まじりに注意したものの、ふと気づいた。

「いや……そうでもないか。どうやら、いまの爆発音を聞きつけて、どんどん集まってきたようだぞ」

イシュトはにやりとした。

四方八方から、ガサガサガサガサガサッ……と、葉摩《はずれ》の音が聞こえてくる。

ざっと数十匹はいるだろう。

あれほどの数ならば、リッカの魔法修行には充分だと思われた。どうせ魔石「蜥瑛珠」を十個も入手しようと思ったら、およそ二百匹を狩らねばならないのだ。

「よし、当初の作戦通りにいくか。リッカは呪文《じゅもん》の詠唱をしつつ待機だ」

「了解しました、イシュトさん！」

「ミラブーは臨機応変にアイテムを使うといい。必要とあらば、爆弾の使用も許可する。わかったか？」

「ふっふっ。どんどん、ぶん投げていきますよ～！」

少しずつパーティーらしくなってきたな……と、イシュトは微笑《ほほえ》ましく思ったが、いよいよレプティリスの群れが接近しつつある。なごんでいる余裕はなさそうだ。

「出撃だ！」

イシュトはレプティリスの集団を目がけて、身を躍らせた。

4

イシュトが風のように湿原を駆け抜ける。足場の悪さをものともせずに、レプティリスよりも迅速《じんそく》に走り回っている様子は、なんだか現実離れしていた。やがて一定数のレプティリスが集まったところで、今度はリッカがファイアボールを撃つ。

「──ファイアボール！」

その爆発の規模といったら、ミラブーカの想像を軽く凌駕《りょうが》していた。どう見ても、初級魔法のファイアボールには見えなかった。あれでも一応、湿原の環境特性を利用して、威力を大幅に下げているらしいけれど……。

──一体、なんなんですか？　この二人は……!?

いつしか、ミラブーカはぽかんとして、イシュトとリッカの戦いぶりを見守るようになっていた。

王都で評判になっていることもあり、イシュトの異常な身体能力については、なんとか納得できた。

一方で、ミラブーカはリッカに対し、ある種の疑念を抱いていた。

こんな風に考えるのは、リッカに対して失礼だとわかってはいる。しかし、イシュトに釣り合う相手だとは、とても思えなかったのだ。二人が兄妹や恋人同士だというのなら、まだ納得もできるのだが……別段、そういうわけでもないらしい。

だが、こうして異様な魔力を目の当たりにすれば——リッカもまた、規格外の冒険者なのだと思い知らされた。

ちなみに、リッカの誤爆癖については事前に説明を受けており、ミラブーカなりに警戒もしていたのだが、どうやら今日のリッカは好調のようである。

イシュトの指示に従い、次々とファイアボールを放っては、レプティリスを吹き飛ばしていく。

たしかに「ファイアボール」と呼ぶには、あまりにも有効範囲が大きすぎて、度肝を抜かれてしまうが、まだ一度も「誤爆」はしていない。

ミラブーカとしては、どんどん前に出て、手持ちの爆弾を次から次へとぶん投げてやろうと目論《もくろ》んでいたのだが——リッカの黒魔法が強烈すぎて、もはや前衛を買って出る勇気は失っていた。下手に動くと、あの巨大な火の玉に巻きこまれてしまうだろう……。

——イシュトさんに、リッカさん。二人とも、ただ者ではありませんね！　この二人についていけば、あたしだって……！

イシュトとリッカの戦いぶりを眺めながら、ミラブーカは感動を覚えていた。

生まれて初めて、自分の理想に手が届きそうな……そんな予感さえ抱いた。

――あたしも、もっと強くなりたい！

ミラブーカは決然として顔を上げると、回復用のポーションを取り出した。前衛として働くのはいったん諦《あきら》め、本来の仕事である戦闘支援に徹しようと決めたのだ。

先ほどからイシュトは走りづめである。本人は汗一つかいていないように見えるが、きっと消耗していることだろう。

ここは一つ、常識人には想像もつかない方法を使って、イシュトの体力を回復してやろうと、ミラブーカは思い立った。

そのとき、イシュトがモンスターを挑発すべく、いったん足を止めた。

ミラブーカにとっては好機である。

「うりゃーっ！」

ミラブーカは渾身《こんしん》の力をこめて、ポーションをぶん投げた！

薬液の入ったガラス瓶《びん》が、一直線にイシュトの後頭部をめがけて飛んでいく。

「――おっと」

次の瞬間、イシュトは無造作に首を動かして、ポーションを紙一重でかわしてしまった！

「ちょっ⁉」

目を丸くするミラブーカ。

せっかくの支援を台無しにされてしまった……！

しかも、イシュトの黒髪をかすめるようにして飛んでいったポーションは、レプティリスの一匹に直撃したのである。

ぱりん……とガラス瓶が砕け散り、内部の薬液がレプティリスの体表を濡《ぬ》らす。すかさず回復効果が発動し、レプティリスは快活《かいかつ》そうな鳴き声をあげた。

ミラブーカの厚意は──台無しどころか、裏目に出てしまったようである……。

「ちょっと、イシュトさん!?　なんでよけたりしたんですか！　敵を回復させちゃったじゃないですか！」

ミラブーカが文句をいうと、イシュトは面倒くさそうな顔をして、跳躍した。空中で華麗に放物線を描くと、ミラブーカのそばに着地する。

「普通はよけるだろう。一体、どういうつもりだ？　ポーションとはいえ、人にむかって投げたら立派な凶器だ」

「そりゃあ、常識的に考えればそうですけど！　道具士のアビリティ『ポーション投げ』を使った場合は、大丈夫なんです！」

「そうなのか？」

「対象者の頭部にポーションを命中させることでガラス瓶を破壊し、中身をぶっかけることで、回復させる高等テクニックです！」

「……ふむ。もしかして、道具士が不人気であるいちばんの理由は、それじゃないか？　いくら安全だとわかっていても、頭部にガラス瓶をぶつけられるというのは、どうもな」

「ぐっ、それは……」

ミラブーカは言葉に窮《きゅう》した。

そう、道具士が敬遠される理由は山ほどあるのだが、多くの冒険者が「ポーション投げ」に苦手意識を抱いているのは、まぎれもない事実なのだ。

「ああ、それとだな。ミラブーに伝え忘れていたことがある」

「へっ？」

「俺の全身は魔力の層で覆われていてな。ユニーク・スキルの一種らしい」

「はい？　魔力の層？」

「こいつのおかげで、物理攻撃も魔法攻撃も関係なく、無効化されるのだ」

「ちょっ!?　それって無敵じゃないですか！」

「いや、そうとも限らん。巨人スルト戦では、ほんの短時間ではあったが、意識を飛ばされたからな。まあ、そのおかげで、失われていた記憶がもどったわけだが」

「意味がさっぱりわかりませんけど……」

「当然ながら、回復系や支援系の白魔法だって効かんし、回復アイテムはちゃんと服用する必要がある。さすがに試したことはないが、ポーションの中身を肌にぶっかけられたところで、やはり無意味だろうな」

「はあ……なんていうか、道具士的には張り合いのない人ですね」

あらゆる攻撃を無効化してしまうユニーク・スキル――それが非常識なほど優れた能力なのは認めるけれど、ミラブーカとしては、がっかりせざるを得なかった。

「それにしても、ポーションを投げて使うとはな……その発想はなかったぞ。トリッキーではあるが、面白いアビリティではある。リッカはどう思う？」

と、イシュトがリッカに尋ねた。

先ほどから、イシュトとミラブーカの会話を黙って聞いていたリッカは、

「ええと……ミラちゃんには悪いですけど、想像するだけで痛そうです」

眉《まゆ》を困ったように寄せて微笑みながら、そう答えた。

「そりゃあ、ちょっとは痛いですけど！　いちいちポーションの栓を開けて飲むよりも、よっぽど速いんです！　ピンチのときほど役に立つ能力ですよ！」

「ふむ、それなりに使えそうではあるがな。ちゃんと服用したときと比べて、回復量はどうなんだ？」

「それは……飲むほうが回復量は大きいですけど」

「やはり、そうか」

「ぐっ……」

ミラブーカは歯噛みした。

「とりあえず、ポーション投げは自重するように。いいな?」

「ですが、道具士のアイデンティティが……」

「なんだ。この程度の条件でぐらついてしまうほど、道具士とは弱いジョブなのか?」

「そんなことはないですけど!　ただ……」

「ただ?」

「あたしにとって、ポーション投げは貴重なストレス解消の一つなんです!」

「……は?　どういうことだ?」

イシュトが眉をひそめる。

ミラブーカは得意になって語り始めた。

「すこーん!　と後頭部にポーションがヒットしたときの音とか、中身の液体がドバッとぶっかけられたときの爽快感とか!　冒険者養成校に通っていた当時、初めてポーション投げが成功したときなんて、感動のあまり失神しそうになったほどです!　せっかく仲間ができたんですから、投げさせてくださいよ……!」

「ええい、さりげなく性癖《せいへき》をカミングアウトするんじゃない!　却下だ却下!」

「そんなぁ!」

ミラブーカはイシュトにすがりついた。

「……ふう。仕方がないな。完全に禁止するのだけは勘弁してやる。緊急時であれば使っても構わん。これがギリギリの妥協点だ」

話題の超大型新人にそこまでいわれては、ミラブーカとしても納得せざるを得なかった。むしろ全面的に禁止されなかっただけでも、ラッキーかもしれない——。

5

二時間ほど戦いつづけたのち、レプティリスは急に隠れ潜んでしまった。

いくら知能の低いモンスターとはいえ、あれだけ多くの同族を失ったのだ。どんなに群れても敵《かな》う相手ではない、と悟《さと》ったのだろう。

「よし、戦闘終了だ」

イシュトは二人のもとにもどると、微笑した。

「はい！　お疲れさまでした！」

「いや～。大猟でしたね！」

リッカもミラブーカも安堵《あんど》の笑みを浮かべて、イシュトに応じた。

「さっさとドロップ・アイテムを拾い集めるとするか。さすがに、戦闘中に拾う余裕はなかったからな」

イシュトが観察した限りでは、すでに三百匹近くを狩ったはずである。となれば、レプティリスが落とした蜥蜴珠も十個を超えているだろう。運が良ければ、十五個くらいは落ちているかもしれない。

「ふっふっふ」

と、ミラブーカが不敵な笑い方をした。

「なんだ?」

「ドロップアイテムの拾得――それもまた道具士の専門分野ですから、あたしに任せてください。ちゃちゃっと回収してきますよ！」

ミラブーカは元気よく駆けだした。

「うーむ。あいつ一人に任せて、大丈夫なのか?」

イシュトは少し不安になった。

戦闘フィールドは広大だ。

リッカの黒魔法が炸裂《さくれつ》した地点は、広範囲に点在している。

「イシュトさん、わたしもミラちゃんを手伝いますね。いくらなんでも、一人じゃ大変そうですし」

と、リッカが申し出た。

「そうだな、頼む。なんなら俺も――」

「いえいえ！　イシュトさんは、わたしの修行のために走りっぱなしだったんです。しっかり休憩なさってください！」

「だが、このクエストには制限時間がある。大丈夫なのか？」

「ええと、王都まで徒歩で二時間かかるとして……」

リッカは懐中時計によく似た装置を取り出し、文字盤を確認した。簡易時計とでも呼ぶべき代物であり、冒険者ギルドで有償レンタルしたアイテムだった。

時刻を表示する機能はないものの、出発してから何時間が経過したのかを確認できるため、時間制限つきのクエストにおいては必須アイテムといえる。

ちなみに、イシュトは最近になって知ったのだが――この異世界では、まだ懐中時計は高級品であり、所持者は限られているそうだ。懐中時計一つで、豪邸が建つほどだという。

「夕方には余裕で間に合いますよ。たとえ魔石拾いに一時間を費やしたとしても、問題ありません」

といって、リッカは文字盤をイシュトにも見せてくれた。たしかに、そう急ぐ必要はなさそうだが、あまりのんびりと構えていられないのも事実だった。

――まあ、いざとなれば……俺がひとっ走りするという選択肢もあるか。

と、イシュトは思った。

まだ計測したことはないが、イシュトの足ならば、常人など及《およ》びもつかぬ速度で走れるはずだ。最悪、イシュトが戦利品を持って全力疾走すれば、帰路に費やす時間を大幅に短縮できるだろう。

もっとも、イシュトは長距離走という種目が大嫌いだったりする。あんなものは、ドMが己《おのれ》の欲望を満たすための競技だと思っている。自分が走るのは、あくまでも最終手段にしよう……と、イシュトは思った。

「ならば、魔石拾いは任せる。俺はここで休憩しているから、なにかあれば知らせてくれ」

「はい！」

リッカはにっこりすると、ミラブーカを追って駆けだした。

「ミラちゃーん！　待ってくださーい！」

「リッカさん？　あたし一人でも大丈夫ですよー？」

「いえいえ、わたしもご一緒します！　一人よりも二人ですよ！」

二人は最寄りの焼け跡に足を踏み入れると、蜥瑛珠を探し始めた。少女たちがキャッキャとはしゃぎながら作業している姿は、なんだか微笑ましい。

もっとも、このサボイム湿原ときたら……空は常に暗灰色だし、おどろおどろしい植物が群生しているような地帯である。その上、トカゲ型モンスターの死骸が散乱している。リッカとミラブーカが楽しそうにすればするほど、シュールさが増すのも事実だった。

「そういえば……」

ふと、気づいた。

イシュトが生まれ育った暗黒大陸には、このサボイム湿原のような場所がたくさんあった。むしろ、こうした景観こそが「普通」だったのである。

「そうだ。妙に既視感《きしかん》があると思ったら……ここは俺の祖国に似ているのだな」

イシュトはしみじみとした気分で、適当な岩に腰を下ろした。

水筒の栓を開くと、渇いた喉《のど》を潤す。運動した直後だけあって、ただの井戸水にすぎないのに、まるで甘露のように美味《うま》く感じた。

「ふう……落ち着く」

しみじみと、つぶやく。

そんなふうにして、どのくらいの時を過ごしたことだろう。

いつしか、リッカとミラブーカの姿は草叢に隠れてしまっている。

時折、かすかに笑い声が聞こえてくるので、特に問題はなさそうだが――。

そのときだった。

「ふぎゃあああ〜っ！」

「きゃあああああっ！」

ミラブーカとリッカの絶叫が、薄暗い空に響きわたった。

6

「どうした⁉」

イシュトはすぐさま臨戦態勢をとった。

もはや、のんきに一服している状況ではなさそうだ。モンスターの生き残りが潜んでいたのだろうか。もしくは、新手が現れた可能性もある。

「キシャアアアアアアアアアアアアアアアアッ‼」

と、ガラス窓を爪《つめ》でこするような、耳障りな叫びが響きわたった。レプティリスの雄叫《おたけ》びを、何倍にも増幅したような鳴き声だった。

ようやく、新たなモンスターの頭部がイシュトの視界に入った。

「なんだ、あれは……？」

見た目こそレプティリスに似ているが、そのサイズは桁違《けたちが》いだ。どう見ても大型種のカテゴリーに属する。明らかに上級冒険者むけの獲物だろう。

体表は濃緑色。どうやら保護色が働いたおかげで、うまく周囲の景観に溶けこんでいたらしい。イシュトたちが討伐クエストを遂行している間は、ぐっすりと眠りこんでいたのだと思われる。そうでなければ、もっと早く出現していたはずだ。

「ふむ……さしずめ、サボイム平原のボスといったところか？」

見た目はトカゲでも、あれほどの巨軀《きょく》が移動しているのだ。その迫力はドラゴンにも匹敵する。初級冒険者が立ち向かえる相手ではない。

それにしても、あんな大型モンスターが出るとわかっていれば、クエストの推奨レベルはもっと高く設定されていたはずだ。おそらく冒険者ギルドですら、あの大型種の存在を把握できていなかったのだろう。

「イシュトさーん！　ヤバいのが出てきました〜！」

「たっ、助けてくださ〜い……！」

そのとき、ようやくミラブーカとリッカが、茂みの奥から姿を現した。

二人ともイシュトの待機地点を目指して、一直線に駆けてくる。

「シャアッ！」

そんな二人のすぐ背後に、いよいよボスの牙《きば》が迫る――。

「やらせるか！」

二人を救うべく、イシュトは跳躍した。ボスをめがけて、砲弾のごとく空を翔《かけ》る。一度も着地することなく、巨大な頭部に躍りかかった。

「うおおおおおおおおっ！」

あふれんばかりの気魄《きはく》とともに、魔王の鉄拳を叩きこむ。

「ルォオアアアアアアアアアアアッ……」

断末魔の叫びが、いやらしいほどに湿った大気を震わせた。

イシュトの拳《こぶし》は、ボスの頭部の中央――両眼の狭間《はざま》に直撃したのだった。

反動を利用して、イシュトは軽《かろ》やかに着地を決める。

たしかに脳を砕いたという手応えがあった。

これで勝負は決したはず――と確信したのも束の間、ボスが思わぬ行動に出た。

――ふしゅううううう……。

まるで最後の悪あがきとばかりに、見るからに毒々しい霧を吐いたのだ。

「なんだ……!?」

霧の正体はわからないが、不気味な濃紫色を帯びている。イシュトは本能的に危機を察知し、吸いこまぬよう息を止めた。

そして、すっかり安心して座りこんでいるリッカとミラブーカを抱きかかえると、渾身の力をこめて跳躍した。

……数秒後、イシュトは濃紫色の霧が及んでいない地点に着地した。

「ふう……ここまで跳べば安心だろう。お前たち、怪我《けが》はないか?」

そう尋ねつつ、イシュトは二人の身体を下ろしてやった。

「ありがとうございます、イシュトさん……本当に助かりました。それにしても、あの霧は一体、なんだったんでしょうか?」

荒い呼吸を繰り返しつつ、リッカがふしぎそうな顔をした。

「まるで鼬《いたち》の最後っ屁《ぺ》みたいでしたね。あたし、少しだけ吸っちゃいましたけど……」

ミラブーカは自分の身体を心配している。

「ミラちゃんもですか？　わたしも、ほんの少し吸ってしまったように思います」

と、リッカも不安げな顔をした。

「おい、本当に大丈夫か？」

イシュトは二人の身体を心配した。

あれほどの大型モンスターが、己の命が尽きる寸前に発動させた技なのだ。なにかあっても不思議ではない。

「はい、大丈夫です。イシュトさんのおかげで、すぐに退避できましたし」

と、リッカは笑顔で答えた。

「ま、虚仮威《こけおど》しじゃないですか？　レプティリスなんて、しょせんは知能の低い雑魚《ざこ》モンスターですし。そいつがいくら大型化しようと、大したことないですよ」

「必死の形相で逃げ回っていたやつの台詞《せりふ》とは思えんぞ？」

イシュトは苦笑した。

「ぐぬぬ……」

「ところで、ミラブー。トレードマークのバッグはどうした？」

「そっ、それは……」

ミラブーカは露骨に目を逸らすと、消え入りそうな声で答えた。

「少しでも時間を稼ぐためために、投げつけてやりました」

「まあ、そんなことだろうと思ったが」

イシュトは溜息をついた。

「あの、ミラちゃんを責めないであげてください。あの機転のおかげで、なんとか逃げることができたんです」

と、リッカが真摯《しんし》な表情でミラブーカをかばった。

「そうか。そういう事情があったのなら、ミラブーを責める必要はない。むしろ褒めてつかわす――でかしたぞ、ミラブーカ」

「そっ、そんなストレートに褒めないでくださいよ！　こっちが恥ずかしくなるじゃないですか……」

ミラブーカは真《ま》っ赤《か》になると、うつむいてしまった。

そわそわとして、すっかり挙動不審になっている。おそらくは、褒められることに慣れていないのだろう。

イシュトは初めて、ミラブーカを「愛《う》いやつ」だと思った。

「改めて、お礼をいわせてください。イシュトさんもミラちゃんも、命の恩人です」

と、リッカがぺこりと頭を下げた。

「気にするな。俺たちはパーティーなのだ。当然ではないか」

クールに応じたイシュトとは対照的に、

「いえいえ、それほどでも～」

ミラブーカはすっかりデレデレしている。微笑ましい姿ではあったが、一体、どれだけ褒められることに慣れていないのだろう？　と考えると、不憫《ふびん》に思えてしまった。

「さっきの霧も晴れた頃でしょうし、改めて魔石を捜しませんか？」

と、リッカが提案した。

「そうだな。余計な時間を食ってしまったが、まだ時間はある。手早く回収して、さっさと帰還するか――」

イシュトが力強く応じたそのときだった。

――バタン。

突然、ミラブーカが倒れ伏したのである。

「ミラちゃん⁉」

リッカが愕然《がくぜん》として、ミラブーカを介抱しようと地面に膝《ひざ》をついた。

だが、次の瞬間には、

「うぐっ……」

リッカも倒れてしまった。

「おい、どうした⁉ リッカ！ ミラブーカ！ 返事をしろ！」

普段は冷静沈着なイシュトも、仲間が二人同時に倒れるという異常事態を前に、さすがに狼狽《ろうばい》した。

「あっ……あぐっ……苦し……」

まだ意識は残っているらしく、ミラブーカが苦悶《くもん》の声を洩らした。

「おい、しっかりしろ！」

イシュトは血の気が引く思いで、ミラブーカの肩を抱いた。あんなに薔薇《バラ》色だった頬が、いまでは蒼白《そうはく》になっている。額には脂汗《あぶらあせ》が浮かび、異様なほど呼吸が荒い。

「イシュトさん……やっぱり、あのボスが吐いた霧は、毒だったようです……」

「なんということだ……」

「あたしの自己診断ですけど……あの霧は毒と麻痺《まひ》、二つの効果を引き起こすようです……しかも、遅効性《ちこうせい》だなんて……タチが悪すぎですね。一応、レプティリスの毒にそなえて、毒消し専用のポーションは多めに用意していたのですが……」

「まさか、バッグのなかか？」

「はい……やむを得なかったとはいえ、大切なバッグを捨ててしまうなんて……一生の不覚です。道具士失格です……」

「諦めるな。お前のバッグ、まだフィールドに残っているのではないか?」

「いえ……あいつが踏みつぶすところを、はっきりと見ました……」

「……そうか。俺はどうすればいい? なにか俺にできることはないのか⁉」

戦闘ならば、どんな難敵だろうと拳の一撃で片づける自信がある。

だが、治療となるとお手上げだった。

「はあ……はあ……がはっ!」

一方、リッカは荒い呼吸と咳《せき》を繰り返しつつ、喉をかきむしるような仕草を始めた。まだ意識はあるものの、言葉を発する余裕すらないようだ。リッカのほうが重症に見えた。

「イシュトさん……」

と、ミラブーカがすがるような眼差《まなざ》しをむけてきた。

「なんだ? 遺言なんて、絶対に聞かんぞ?」

「お願いが……あります。あたしの……」

「お前の?」

「スカートを……めくってください」

「……は? こんなときに、なにをいっている。ふざけている場合か!」

「ふざけてなんて……いません。お願いです。真面目《まじめ》な話ですから……」

事実、ミラブーカの表情は真剣そのものだった。イシュトをからかっているような様子はない。

「くっ……わかった」

　イシュトは思い切って、ミラブーカのスカートをまくり上げた。

　真っ先に目についたのは、左の太ももに巻かれた物体だった。よく見ると、それは最小サイズのポーションを収納するための革ケースらしい。

　ポーションは二本ある。液体の色から察するに、一本は体力回復用、もう一本は毒消し用だと思われた。

「お前、こんなところにポーションを隠し持っていたのか」

「道具士の……たしなみです。残念ながら、麻痺用のポーションはありませんけど……」

「いや、これだけでも充分だ。毒だけでも緩和できれば、お前たちを助けられるぞ！」

「いえ……あまりにも分量が少ないです。はっきりいえば、一人分しかありません」

「なんだと？」

　イシュトは愕然とした。

「この俺に、助ける命を選べというのか？」

「選ぶ必要なんて、ありませんよ。全部……リッカさんに飲ませてあげてください。あたしからのお願いです」

「ミラブー、お前……」

「いいんです。王都に来て以来……恥の多い冒険者人生を送ってきました。いつも失敗だらけで、カッコ悪くて、弱っちくて……だれも、あたしを仲間に入れてはくれませんでした……。ですが、最後の最後に……お二人に出会えて……本当に、うれしかったんです。この感謝の気持ちは……本物ですよ」

ミラブーカは無理をして微笑んだ。

その目尻から、ひとしずくの涙がこぼれ落ちた。

「このミニ・ポーションを……全部、リッカさんに飲ませてあげれば、毒の回りを遅らせることができるはずです。さあ……早くしてください。きっと……助けられます……」

「ふざけるな。お前を犠牲にして助かったと知ったら、リッカがどれほど悲しむことか」

「ですが……このままモタモタしていたら、二人とも死ん――」

「少し黙ってろ」

イシュトは憤然として、ミラブーカの言葉を遮《さえぎ》った。

そして、手にしたミニ・ポーションの瓶を、じっと睨《にら》みつけた。

7

すでにミラブーカの意識は朦朧《もうろう》としつつあった。

息苦しい。全身が燃えるように熱い。

ああ、本当に……自分は死ぬんだな、と思った。

だが、ふしぎと残念な気はしなかった。

きっと、最後の最後でイシュトとリッカに出会えたから……だと思う。

そう、先ほどイシュトに告げた言葉は、ミラブーカの本心だった。

もちろん、心残りがないといえば嘘《うそ》になる。

このパーティーで、もっと冒険したかった。

後世の吟遊詩人《ぎんゆうしじん》が民衆に語り聞かせるような、心ときめく冒険をしたかった……。

そのとき——視界の片隅で、イシュトがリッカの肩を抱いて、ミニ・ポーションを使っている姿が見えた。

——そう……それでいいんですよ、イシュトさん。せめてリッカさんだけでも、助けてあげてください……。

ミラブーカが隠し持っていたミニ・ポーションは二本。体力回復用と毒消し用だ。どちらもリッカに飲ませてやれば、多少は延命できるはず——。

「次はお前だ、ミラブー」

と、イシュトがミラブーカを振り返った。そして、二本のミニ・ポーションを、ミラブーカの胸元《むなもと》に突きだした。

「へっ……？」

すでにミラブーカの視界は霞《かす》み始めていたが、それでも見た。

二本の小瓶《こびん》には、それぞれ薬液が半分ほど残っている。

「どっ、どういうつもりですか……イシュトさん？」

「体力回復用と毒消し用、どちらも半分ずつ飲ませることに決めた。さあ、早く飲め」

「そっ、そんな中途半端《ちゅうとはんぱ》な……！　最悪、二人とも死んじゃいますよ⁉」

ゴホゴホと咳《せ》きこみながら、ミラブーカは抗議した。この期に及んで、なんて甘いことを考えているんだろうと、呆《あき》れてしまう。

そもそも、どうやって王都に帰るつもりだろう？

女子二人ともなれば、かなりの重量だ。いくらイシュトが常人離れしているとはいえ、二人も抱えてまともに歩けるはずがない。なんとか踏破できたとしても、その頃《ころ》にはもう、リッカもミラブーカも昇天していることだろう。

「ダメですよ、イシュトさん！　残りも全部、リッカさんに――」

「ええい、グダグダと抜かすな。まったく、ミラブーらしくもない。お前というやつは、もっと生き汚い女だろうが！　聖女ぶるのはやめろ！」

「ちょっ⁉　こんなときに、なんという暴言を……！　信じられない人ですね！」

「ほら、さっさと飲まんか。どうしても拒むというのなら、口移しで飲ませるぞ？」

「ひぃーっ！　そっ、それだけは勘弁してください！　あたし、ファーストキスもまだなんですよ！」

やむを得ず、ミラブーカはポーションの残りを服用した。おかげで、若干の体力回復効果と、ほんの申し訳程度ではあるが、毒の緩和効果が認められた。

もちろん、完治にはほど遠い。

あくまでも、ほんの少しだけ延命できたにすぎない。

「お前たちは、晴れて俺の麾下《きか》に入ったのだ。俺は絶対に、見捨てたりはしない――」

イシュトは真顔で宣言すると、ミラブーカを小脇《こわき》に抱えた。続けざま、リッカの身体も軽々と拾いあげる。

ミラブーカが呆気《あっけ》にとられてしまったほど、無造作な動作だった。少女二人の重量を、なんら問題にしていないのだ。

右の脇《わき》にミラブーカを、左の脇にリッカを抱えたイシュトは、

「これより王都に帰還する。舌を噛むかもしれんから、歯を食いしばれ」

真面目なのか不真面目なのか、判断の尽きかねる命令をした。

「行くぞっ！」

次の瞬間、イシュトが大地を蹴《け》った。

全身を押しつけられるような、強烈な圧力が生じた。

「――ふぁっ⁉」


ミラブーカは目を白黒させた。

イシュトの運動能力は、ミラブーカの想像を軽く凌駕していた。

すでに一緒に戦っているので、イシュトの身体能力が並外れていることは、わかっているつもりだった。

だが、実は……全然わかっていなかったのだ！

そう、レプティリスと追いかけっこをしていたときのイシュトは、まったく本気を出してなかったのである。

――ちょおーっ⁉　なんですか、この状況は……⁉

それから十秒とたたぬうちに、ミラブーカは失神した――。

8

ミラブーカが目覚めると、そこは見覚えのない、白を基調とした部屋だった。

清潔感があり、なにかの薬草の匂《にお》いがツンと鼻をついた。自分がベッドに寝かされていることに気づく。

すぐ隣のベッドでは、リッカが穏やかな寝息をたてていた。顔色は良い。

ここは——どうやら、どこかの診療所らしい。

リッカの様子を見れば、解毒が成功したのは明らかだ。ミラブーカ自身、あの苦痛からは解放されている。

まだ目覚めたばかりで、意識はぼんやりしているが、体調は悪くない。つまり、自分もリッカも助かった——？

「おお、目覚めたか。俺がわかるか、ミラブー？」

と、どこからともなくイシュトの声が聞こえた。つかつかと、ミラブーカのベッドの脇に歩み寄ってくる。

ミラブーカは視線を巡らせて、イシュトの顔を見上げた。

「イシュト……さん？」

ミラブーカはあわてて起きようとしたが、まだ麻痺が残っていた。うまく起き上がれずに、四苦八苦してしまう。

「無理はするな。麻痺効果が消えるには、もう少し時間を要するらしい。だが、命を脅かしていた毒については、医者が白魔法を使って治してくれた。まったく、肝《きも》を冷やしたぞ」

「あの……正直、記憶があやふやなんですけど……一体、なにがどうなっているんです？　あたし、ずっと眠っていたみたいですけど……あれから何日経《た》ったんです？」

「なにを勘違いしている？　お前たちが毒に冒されてから、まだ三時間ほどしか経っていないぞ」

「……えっ？」

「ついでにいえば、サボイム湿原から王都までの所要時間は、せいぜい三分だった。すぐさま診療所に担《かつ》ぎこんだおかげで、適切な治療を受けることができたというわけだ」

「ええと……ちょっと待ってください。サボイム湿原から王都までの移動時間が、たったの三分？　なんの冗談ですか？　冒険者の足でも二時間はかかる距離ですよ？　しかも、あたしとリッカさんを抱えていたわけで！　いくらなんでも、無茶苦茶な……！」

「当然だ。俺は魔王だからな」

「はい？」

ミラブーカはきょとんとした。

「いや、なんでもない」

迂闊《うかつ》にも失言をしてしまった――とでもいわんばかりに、イシュトは「こほん」と咳払《せきばら》いをした。

「とにかく、二人とも無事で良かった。医者によれば、三日もすれば復帰できるそうだぞ」

「はあ……なんだかもう、わけがわからなくなってきましたよ――」

ミラブーカは溜息を洩らすと、なにげなく窓の外を眺めた。そして、そろそろ夕方に差しかかってはいるけれど、まだ太陽が沈みきってはいないことに気づいた。

「あーっ⁉」

突然、ミラブーカが素《す》っ頓狂《とんきょう》な声を張りあげたので、さすがのイシュトもおどろいた。

「ど、どうかしたのか？　まさか、まだ毒の影響が……さては脳をやられたのではあるまいな？　これ以上、アホの子になったら大変だぞ？」

「ちょっ！　だれがアホの子ですか！　失礼ですね！」

ミラブーカは憤然としてイシュトを睨みつけたが、すぐさま怒りを収めた。

「あの、イシュトさん！　もしかして、まだクエストの制限時間内じゃないですか？　たしか期限は十八時まででしたよね？」

「ん？　いわれてみれば、そうだが……お前たちが心配で、クエストの件などどうでもよくなっていたな」

「なにを暢気《のんき》なことを！　いま何時です⁉」

「さあな。時計がないから正確な時間はわからんが……十七時の鐘が鳴ってから、次の鐘はまだ聞いていない。察するに、もうすぐ十八時といったところだろう」

「でしたら！　急いでギルドに戦利品を持って行かないと！　失格になっちゃいますよ！」

「落ち着け、ミラブー。戦利品など一つもないことは、お前がいちばんよく知っているはずだ。お前が愛用していたバッグは、あの大型種が踏みつぶした――お前自身が、そう証言していたではないか。ついでにいえば、あの大型レプティリスは、なに一つアイテムをドロップしなかった。図体はデカいくせに、ケチな野郎だった。とにかく、今回は任務失敗だ――潔く諦めろ」

「ああもうっ！　もどかしい！　ふんぬーっ！」

突然、ミラブーカはベッドから転がり落ちた。

「おい、なにをしている？」

ミラブーカの奇行の意味が、イシュトにはさっぱりわからなかった。

「あいたたた……いい忘れていましたが、あたしとリッカさんが拾い集めた魔石は、捨ててきたバッグのなかではなく――って、えええええっ⁉」

無理やり立ちあがろうとしたミラブーカは――しかし、自分の服装を確認するなり、真っ赤になった。

もちろん、イシュトは解毒治療の一部始終を固唾《かたず》を呑《の》んで見守っていたので、看護師がミラブーカの衣服を脱がせたことは知っていた。

いま現在、ミラブーカが身に着けているのは、純白の下着だけだ。大事なところは隠れているが、限りなく裸に近い状況である。

「ちょっ！　見ないでくださいよ！　エッチな人ですね！」

床に這《は》いつくばったまま、悪態をつくミラブーカ。

「ふん。お前が勝手にベッドから抜けだしてきたんだろうが」

「こっ、この状況で、どうしてそんなに冷静でいられるんですか！」

「あいにくだが。お子様の下着を見たところで、なんとも思わんからな」

「なんですとー⁉　ぐぬぬ……まだ麻痺が残って……」

「無理はするな」

イシュトはミラブーカを無造作に拾うと、ベッドにもどしてやった。

「ちょっ⁉　もう少し、いたわってくださいよ！　せめて抱っこするとか……」

「いちいち文句をいうな」

イシュトは溜息をつくと、とりあえず毛布をかけてやった。

「それより、なにか伝えたいことがあったんじゃないのか？」

「そっ、そうでした！　実はですね！　レプティリスがドロップした魔石ですけど、バッグのなかじゃなくて……その、あたしの…………なかに……」

「おい、聞こえんぞ？　もっとはっきりといえ」

「ああもうっ！　いいますよ！　あたしの下着のなかに、収納してあるんです！」

そう叫ぶと、ミラブーカは真っ赤になった。

「なに？　それは本当か！」

「はい。あたしの下着は、道具士専用の特注品で……小さなアイテムなら収納できるようになっているんです。ちょうど十個目を拾ったところで、あのボスが襲ってきて――」

「よくやったぞ、ミラブー！　そういうことなら、さっさと出すがよい！　いますぐギルドに持って行けば、まだ間に合うぞ！」

「ええと、それが……まだ手足に痺《しび》れが残っていてですね……うまく身体が動かせないといいますか」

「そうか。ならば俺が取ってやる」

イシュトは無造作に、ミラブーカの毛布を剝《は》ぎ取ろうとした。

「ちょおおおおっ！　なにサラッととんでもない発言を！」

「気にするな。いっただろう、お子様に興味はないと」

「そっちに興味がなくとも、あたしは気にするんじゃあ～！　ちょっ、毛布を剝がないでください！　まさか本気で……美少女の下着に手を突っこむつもりですか⁉」

「美少女かどうかはともかく、クエストのためだ。我慢しろ」

「せめて女の人を呼んでください！　看護師さんとか！」

「あいにくだが、少し前に近所で食中毒騒動があったそうでな。医師はもちろん、看護師も出払っている。この診療所にいるのは、俺とリッカとお前だけだ」

「おっ、お願いです、イシュトさん。それだけは、堪忍してください……」

ミラブーカは瞳を潤ませると、妙にしおらしい態度を見せたが、いまは一分一秒を争うときである。イシュトは心を鬼にした。

「観念しろ、ミラブー」

「ちょっ！　どっ、どこを触って……やんっ！　あっ……」

「おい、変な声を出すな。リッカが起きるだろうが」

「だ、だって……イシュトさんの指が変なところに……！」

ミラブーカが涙目になって訴えた、そのときだった。

「――失礼いたします」

突然、がちゃりと扉が開いたかと思うと、

「こちらで、リッカさんとミラブーカさんが治療を受けていると聞いたのですが――」

戸口に現れたのは、なんとエルシィだった。

花束《はなたば》を携えているところを見ると、わざわざ見舞いに来てくれたらしい。だが、目の前の惨状を前に、その表情はピシッと凍りついてしまった。

「ええと、この状況は一体……なにが起こっているのでしょうか？」

「なんだ、エルシィか。すまんが、いまは取り込み中だ。あとにしてくれないか？」

イシュトが平然として答えると、

「ちょおっ！　そこはエルシィさんに代わってもらうところでしょうがっ！　お願いしますエルシィさん！　この鬼畜男の代わりに、あたしの戦利品を取り出してください！」

ミラブーカは全身の肌をピンク色に染めながら、涙目で訴えたのだった。

エルシィが見舞いに来てくれたおかげで、事態はスムーズに進行した。

十八時の鐘が市街地に鳴り響く寸前、エルシィに計十個の魔石「蜥瑛珠」を提出することができたのである。

おかげで「任務達成」と認められ、規定の報酬が支払われることになった。

一応、イシュトが勝手に「ボス」と呼んでいた大型種についても、エルシィに報告しておいた。

冒険者の世界において、こうしたイレギュラーな戦闘は珍しくないという。

と同時に、冒険者がもっとも命を落としやすいケースでもあるそうだ。

イシュトたちが予期せぬ強敵に遭遇したと聞いて、エルシィはおどろくとともに、「皆さんがご無事で本当に良かったです……！」と、涙を浮かべて喜んでくれた。

また、新種発見ボーナス及び、新種討伐ボーナスも出るという。おかげで、ミラブーカが請求された弁償金五万リオンごときは、瞬時に清算できたのだった。

ちなみに、数日後——。

チーム・イシュトを苦しめたボスの名称は、冒険者ギルド王都支部で行われた職員会議の結果、「ギガント＝レプティリス」に決まったという。

QUEST 6「炎の巨人スルトを召喚したのは、あなただったのですか?」

1

冒険者ギルドのもとに結成された第三次特殊迷宮探索部隊が魔女の迷宮〈グラキオス〉に入ってから、今日で七日目——いよいよ冒険も大詰めであった。

ちょっとしたトラブルに見舞われることはあったが、現時点において撤退者は四名のみ。当初の予想をはるかに上回る戦績といえた。

総勢九十六名の部隊は、第四階層を攻略中であった。


「はあ～……。こんだけ時間をかけても、まだ第四階層かいな」

溜息《ためいき》まじりにつぶやいたのは、先頭集団の一人——ルテッサである。

「仕方あるまい。七日おきに内部構造が再構築されてしまう、摩訶《まか》不思議なダンジョンなのだ。過去に作成された地図は参考にならんし、第四階層に到着できただけでも新記録なのだぞ?」

不満顔のルテッサを諭すように告げたのは、ランツェである。

「新記録かあ。せやけど、定期的に内部構造が変わってしまうんやから、なんや空《むな》しいな。せっかくの冒険も、なかったことにされてしまうみたいで」

「そうでもないだろう？　すでに階層主を三匹も討伐《とうばつ》しているし、貴重なアイテムもいくつか入手した。なによりも――アイリス様と一緒に冒険できるだけで、身に余る幸せではないか……！」

「そりゃあ、うちかてアイリスちゃんと一緒に戦うのは楽しいけどな。とにかく、このダンジョンは旨味《うまみ》がなさすぎるで」

「ふっ。旨味があるかどうかでしか、物事を判断できんとはな。心の貧しいやつめ」

「だれの胸が洗濯板やて⁉」

「はあっ？　だれも胸の話などしていないだろうが！　心の話をしているのだ！」

例によって、口論を始めてしまうランツェとルテッサ。

そんな二人の声を微笑《ほほえ》ましく聞きながら、アイリスは隣のゲルダに尋ねた。

「残り時間は、どのくらい？」

「いま確認します」

ゲルダは懐《ふところ》から銀色の懐中時計を取り出した。ゲルダの私物である。王侯貴族でもないのに懐中時計を所有している人物など、世界広しといえども希《まれ》だろう。

「タイムリミットの深夜零時まで、あと二時間ほどですね」

「もう、そんな時間……」

あと二時間ほどで、ダンジョンの内部構造はリセットされてしまう。

アイリスたちが踏破した痕跡も、すべて消え去って、また新しい迷宮が構築されるのだ。なんだか寂《さび》しい気がした。

「ねえ、ゲルダ。もし、このままダンジョンに留《とど》まり続けたら、やっぱり自力で脱出するのは不可能なのかな？」

「わかりません。ただ、ダンジョンの自動生成現象に巻きこまれてもなお、無事に生還できたケースは皆無です。それゆえに、このダンジョンについた渾名《あだな》が――」

「人喰《く》いダンジョン、だね」

「ええ。喰われないようにするためにも、制限時間内に脱出しなければなりません。くれぐれも、余計なことは考えないでください」

アイリスとしては、あえてダンジョンに留まり続けるという選択肢も考慮していたのだが、しっかりと釘《くぎ》を刺されてしまった。

ランツェと同じように、ゲルダもまた「アイリスを守護する」という密命を帯びている。無謀な実験を許可するはずもなかった。

なお、ダンジョンの深部から脱出するためには、マジック・アイテム「翼竜石」を使うことになる。

翼竜石は高価なアイテムだが、ダンジョンの入口まで転移させてくれる優れものだ。おかげで、探索部隊は復路に要する時間を考えずに済む。

ちなみに、このダンジョンにはいくつかの制約がある。

転送魔法の使用が禁じられているのも、その一つだ。ためしに呪文《じゅもん》を唱えてみても、無効化されてしまう。せっかくゲルダほどの使い手が同行しているのに、転送魔法が使えないのは残念だった。

「あと二時間だと、この第四階層が最深部じゃない限り、完全攻略は無理そうだね」

「先ほどランツェがいった通り、新記録は樹立できたのですから、むしろ喜ぶべきです」

「そうかもしれないけど……正直、気になってしかたないの。どこまで潜れるのかな?」

無意味な質問だとわかってはいるけれど、ゲルダも魔女だし、実際に探索したことで、なにかヒントをつかんだ可能性もある。

「それはゲルダにもわかりません。ただ、魔女は三とか七とか九、あるいは十二といった数字にこだわる癖《くせ》があります。また、四を忌まわしい数字と見なす傾向もあります。おそらく、この第四階層がゴールという可能性はないでしょうね」

「そう……これで終わりじゃないのは残念だけど、もっと深く潜れるかもって思うと、それはそれでわくわくするね」

「アイリスらしいです。ゲルダは第三階層の続きがあると知って、げんなりとしましたが」

ゲルダは淡々と応じた。

「そういえば……同じ魔女として、このダンジョンを製作した人に心当たりはないの？　このダンジョンが出現したのって、たしか三十年くらい前だったんだよね？」

「一応、何人か思い浮かぶ顔はありますが……しょせんは憶測にすぎません。ノーコメントです」

「ゲルダらしいね」

「ですが、とてつもない能力者であるのはたしかです。平凡な魔女に、これほど大規模なダンジョンを作るのは不可能ですから」

「魔女という時点で、非凡だと思うけど……」

「それと、もう一つ――あの牝狐《めぎつね》と同じくらい、いやらしい性格をしているのは間違いないですね」

と、ゲルダが大真面目《まじめ》に告げたので、アイリスは苦笑した。

ゲルダが「牝狐」と呼ぶ人物といえば、ベルダライン支部長に決まっている。

ベルダラインが狐をベースとする獣人族であることや、「牝狐」と呼ばれても仕方がないくらい狡猾《こうかつ》であることに由来する。

「それは同感。転送魔法を使うのも、翼竜石を使うのも、原理的には同じはずなのに、わざわざ転送魔法だけを禁止にするとか……意地悪だよね」

「ええ。無邪気な悪戯《いたずら》心か、なんらかの悪意か……意図的に、そういう制約を設けたとしか考えられません」

普段は無表情のゲルダが、珍しく渋い顔をした。

2

ここしばらく、ごつごつとした岩肌が剥《む》き出しの通路が続いていたのだが、やがて——視界が一気に開けた。

「少々、お待ちください」

部屋全体を見わたすために、ゲルダが照明魔法の効果範囲を広げた。

たちまち、周囲全体が明るくなる。

大広間とでも呼びたくなるような空間だった。約百名の探索部隊を収容しても、まだまだ余裕があるほどだ。千人を収容可能な公会堂にも匹敵《ひってき》する。

壁、天井《てんじょう》、そして床も大理石のような素材で舗装されていて、どこか神殿じみた荘厳《そうごん》さが感じられるのも特徴的だった。

いまのところ、モンスターの姿は見あたらないし、気配もしない。そもそも、なんら障害物が存在しないので、隠れ潜むような場所がないのである。

　このような大広間には既視感があった。

　足を踏み入れるのは、これで四度目だ。第一から第三までの階層の終わりにも、似たような大広間が用意されていたのである。

「どうやら、ここが第四階層の終点みたいだね」

　アイリスは周囲を警戒しつつ、つぶやいた。

　その直後、頭上の空間がぐにゃりと歪《ゆが》んだかと思うと、暗黒の炎が噴出した。これまた過去に三度も見せられた光景と同じだった。

　ただし、その禍々《まがまが》しい炎から生まれ落ちた巨大モンスターの姿は、見たこともない姿をしていた。

「グォオオオオオオオオォン……！」

　腹の底にズンと響くような雄叫《おたけ》びが、石造りの大広間にわんわんと反響する。

「あれが、第四の階層主――まさか、ベルグント……⁉」

　アイリスは表情を引き締めると、聖剣ミストルティンを抜いた。

　そう、第四の階層主の外貌《がいぼう》は――かつてアイリスたちが戦ったことのある大型種に酷似していたのである。

　〝暴虐の怒石竜〟の異名を持つ、最上位のアース・ドラゴン。予想通りというか、眷族《けんぞく》であるバジリスクも次々と出現した。乱戦になる気配が濃厚である。

以前のアイリスたちは、ベルグントに苦戦を強《し》いられた。だが、炎の巨人スルトとの激戦を経たおかげだろうか。それほど脅威だとは思わなかった。

「これが最後の戦いになりそうだね——行くよ、みんな。一人も欠けることなく、王都に帰ろう」

アイリスが呼びかけると、

「おおおおおおおおおおっ！」

階層主の雄叫びに負けじとばかりに、冒険者たちは朗々と叫んだ。

3

「ふう……なんとか倒せたね」

アイリスは安堵《あんど》の溜息《ためいき》をつくと、聖剣ミストルティンを鞘《さや》に納めた。

一時間にも及《およ》んだ戦闘は、アイリスたち探索部隊の勝利に終わった。

そして——第四の階層主を倒した直後、フロアの中央部分に施されていた仕掛けが作動した。正方形の穴が出現し、第五層へと続く階段が現れたのだ。

とはいえ、第五階層に進む余裕はなさそうだった。

すでに残り時間は一時間を切っているし、なにより負傷者が多い。殉職者《じゅんしょく》こそ一人も出さずにすんだが、打撲、骨折、失血、火傷《やけど》……等々、負傷者たちの症状は枚挙に暇《いとま》がないほどだ。

一方、なんとか無事だった者たちも消耗している。魔力を使いきった魔道士も少なくないし、部隊が保有している回復アイテムも残りわずかだ。

「なんとか勝てましたね。見た目がそっくりなだけでなく、戦闘力もベルグントと同等だったと思います」

ランツェが慎重な顔で告げると、アイリスに体力回復用のポーションを手渡した。いまとなっては貴重なポーションだ。ありがたく受け取った。

「だね。以前はイシュトのおかげで命を拾ったけど、今回は彼の助力なしで勝てた。わたしたちも成長してるってことだよね」

「当然です」

ランツェは得意げに胸を張ってみせた。

「だけど、イシュトがいれば……これほどの負傷者を出さずにすんだかも――」

「あんなデタラメな男は参考になりません！　アイリス様は少々、あいつを意識しすぎなのではありませんか？」

「だって、イシュトの戦い方は……とても美しかったから。意識せざるを得ないよ」

「――イシュトとの出会いが良い刺激になったようですね、アイリス。悪くない戦いぶりでしたよ」

　と、ゲルダが背後からやって来た。

「ありがとう、ゲルダ。でも、まだまだだよ。倒すのに一時間もかかったし、怪我人《けが》も少なくないし――」

「アイリスちゃんは真面目すぎるのが玉に瑕《きず》や！　こういうときはな、素直に喜ぶのがいちばんやで！」

　と、聖獣クルルの背に乗ったまま、ルテッサがやってきた。愛用の魔導騎銃は、まだ銃身が焼けついており、見るからに熱そうだ。

「それもまた、みんなを率いる隊長の役目なんや！　みんなのためにも、大喜びしてくれんと！」

「そうなのかな……？」

「そや！　特にアイリスちゃんにねぎらいの言葉をかけられたりしたら、野郎どもは喜び勇んで、第五階層に突入するでぇ！」

「それはダメ。もう時間がないんだから」

「はあ。やっぱりアイリスちゃんは真面目すぎるわ。冗談も通じへんとは……」

　大袈裟《おおげさ》に肩をすくめるルテッサ。

　苦笑いを浮かべるランツェ。

仲間たちを見守るゲルダ。

ふるふると尻尾《しっぽ》を振って、喜びを表現するクルル。

そんなふうに、仲間内でなごんでいたのも束《つか》の間、ランツェが表情を引き締めた。

「おっと、こうしてはいられません。余裕があるうちに撤退しましょう」

そうだった。あと一時間と経《た》たないうちに、現在のダンジョンは消滅し、新たなダンジョンが自動生成されてしまう。そして、この怪現象に巻きこまれた者は、例外なくダンジョンに「喰われ」てしまうのだ。

「だね。指揮はランツェに任せるから。あなたのほうが、声が大きいし」

「了解です、アイリス様」

ランツェは恭《うやうや》しく応じると、フロアに座りこんでいる冒険者たちにむけて、大声を張りあげた。

「皆さん、お疲れさまでした！　完全攻略こそなりませんでしたが、前人未踏の第四階層に到着したのみならず、第五階層の存在も確認できました。我々に課された任務は、充分に達成されたといえましょう。これにて探索クエストを終了いたします！」

たちまち、拍手喝采《かっさい》が湧《わ》き起こった。過半数が負傷しているとはいえ、あれほどの難敵を討伐した直後なのだ。いまなお冒険者たちのテンションは高い。

かくして、探索部隊は撤退フェイズへと移行した――。

4

翼竜石を使った場合、転移先はダンジョンの入口前に固定される。一度に全員が転移しようとすると、混雑して事故が起こりかねない。

十人一組のグループごとに、順番に転移することになった。当然ながら、怪我人を優先することになる。元気が余っている者ほど後回しだ。

撤退フェイズは順調に進行し——九十名が脱出を遂げた。

いよいよ最後のグループ、銀狼《ぎんろう》騎士団の番が来た。アイリスたちは、この探索部隊の代表として、全員が撤退するのを見届けるつもりだったのである。

「あれっ⁉ 一人、足りへんのとちゃう？」

と、ルテッサが戸惑いの声をあげた。

「なんだと⁉」

ランツェが愕然《がくぜん》として、眉《まゆ》をひそめる。

アイリスは冷静さを保ちつつ、フロアに残っている人数を確認してみた。

まずは銀狼騎士団だ。

アイリス、ランツェ、ルテッサ、ゲルダ、聖獣クルル——総勢五人。ちなみに、クルルも冒険者として登録しているので、一人として数える。

第四階層の最終地点に到達した時点で、探索部隊は九十六名だった。

すでに九十名が撤退を完了したので、残りの人数は六名のはず。

となれば、銀狼騎士団の他に、もう一人いなければ計算が合わない。撤退の際は、各グループの人数を厳格にチェックしていたので、数を間違えた可能性はないと思われるが……。

そのときだった。

「いい加減、かくれんぼは終わりにしたらどうですか？」

突然、ゲルダが壁面のほうにむけて声をかけた。

すると、どうだろう――大理石の壁面が、ぐにゃりと歪んだかと思うと、ローブ姿の女性が現れたのである。

どうやら幻術の一種らしい。

「あなたは、たしか……召喚士マリーダだよね？」

と、アイリスは呼びかけた。

しかし、女は冷たい微笑を浮かべたまま、答えようともしない。

――マリーダ・エブロ。

実力派の召喚士として知られる女性冒険者だ。

以前は地味なタイプで、実績の割に目立たない人物だったと記憶している。フィールドで戦うよりも、喫茶店《きっさてん》で読書をしているほうが似合う。

そんなマリーダだが、今回の大型探索クエストを機に、なんとイメージ・チェンジを敢行した。野暮《やぼ》ったい黒縁眼鏡《めがね》を外し、髪型を変えたのみならず、化粧も入念に施している。

その結果、マリーダは妖艶《ようえん》な美女に生まれ変わったのである。

クエストを始めた当時、まさか新生マリーダの美貌が小さなトラブルを起こすことになるとは、だれも予想はしていなかった。


……その事件は、クエストを開始した翌日に発生した。

第一階層を攻略した直後、ボスと対戦した大広間を利用して、野営することになったのだが……そのとき、四人の男性冒険者がマリーダに声をかけたのだ。見事な「イメチェン」を遂げたマリーダに好奇心が湧いた、といったところだろうか。

もちろん、彼らとしても、まさか本気でちょっかいを出すつもりはなかっただろう。なんといっても、栄えある大型クエストの真っ最中だったのだから。

ところが、マリーダはよほど腹を立てたらしい。

「ふっ。無礼者には、お仕置きが必要ね」

召喚士用の杖《つえ》を振るい、四人の男を叩《たた》きのめしたのである。のみならず、だれもがおどろいたほどの高速詠唱により、サラマンダーを召喚してみせた。

周囲の冒険者たちが仲裁に入り、なんとか事態は収まったが、被害に遭った四人のうち、一人が深刻な火傷《やけど》を負ってしまった。白魔法やポーションを使っても、すぐには治らないレベルだったのだ。

やむを得ず、四人は翼竜石を使って撤退することになった。

このダンジョンの近所には、ちょっとしたキャンプ施設がある。本格的な治療は無理だろうが、そこまで運べば馬車を借りることができる。軽傷者三人が協力して重傷者一人を運べば、なんとかなるだろう——という結論に落ち着いた。マリーダに対しては、口頭で厳重注意をする程度に留めた。

過酷な大型クエストのさなかに起きた、些細《ささい》なトラブル。

もちろん、とっくの昔にアイリスは忘れていたのだが、こうしてマリーダと対峙《たいじ》したとたん、克明に思い出したのだった。

それにしても、マリーダは一体なんのつもりで、こんな悪ふざけをしたのだろう？

以前のマリーダからは、想像もつかない奇行である。

そういえば、マリーダの肩には奇妙な動物がちょこんと乗っかっている。アイリスの知らない珍獣である。可愛《かわい》らしいといえば可愛らしいが、どこか不気味な印象もある……。

「——下がってください、アイリス」

と、ゲルダが前に出た。いつになく厳しい口調だった。

「迂闊《うかつ》でした。召喚士マリーダの容姿を完全に再現しているので、すっかりだまされてしまいましたが――リリース」

ゲルダが瞬時に使った「リリース」は、大地母神ファーマ系の白魔法だ。様々な魔法現象を解除する効果がある。

「ふふ……」

マリーダは冷笑を浮かべたまま、甘んじて解除魔法を身に受けた。

たちまち、マリーダの全身を覆《おお》っていた幻術が解除される。

召喚士マリーダの姿は消え失せ、まったく別人の姿が顕現《けんげん》した。

漆黒《しっこく》を基調とした、絢爛《けんらん》たるドレスをまとった少女だった。

年の頃は、アイリスより二つほど下だろうか。精巧に造られた人形さながらの美貌に、アイリスは目を奪われた。なによりも、その常人離れした髪はピンク・パールの輝きを放っていて、見るからに幻惑的だった。

得物《えもの》は杖のままだが、幻術が解けた際に、その形状もがらりと変わっていた。やはり召喚士仕様の造形だが、霊圧のようなプレッシャーを感じる。レアリティという点では、アイリスの聖剣ミストルティンに匹敵すると思われた。

「わたしは魔女ダーシャ。偉大なる魔女ブリガンの娘にして、唯一の弟子よ」

少女の声は、ゾッとするほど儚《はかな》げな、この世のものとも思われぬ美声だった。

「ちなみに、この小さい生き物はアスモデウス。使い魔の一種よ。可愛いでしょう？」

「これこれ、ダーシャよ。吾輩《わがはい》を『小さい生き物』呼ばわりとは、失礼ではないか」

ゆるい雰囲気とは裏腹に、アスモデウスという名の小動物は、壮年紳士のような声で応じた。文句をいっているようで、ダーシャの言葉を楽しんでいるようでもある。

「…………」

どう反応していいのかわからず、アイリスは沈黙を余儀なくされた。

ランツェとルテッサも身動き一つせずに、ただただダーシャを警戒している。

一方、聖獣クルルだけは頻《しき》りに唸《うな》りつつ、全身の毛を逆立てていた。警戒度数が最大レベルに達しているようだ。

「魔女ブリガンの娘、といいましたか？」

と、ゲルダがいぶかしげに質問した。

「ええ、そうよ」

「おかしな話です。あの女に、家族などはいなかったはずですが。ましてや、子どもがいたなんて……」

「魔女ゲルダ。世界は広いわ。あなたが知らないことだって、たくさんあるということよ」

「それは当然です。たとえ何百年を生きようが、神ならぬ身に万物を見通すことなどできやしません。ところで、一つお聞きします。あなたの杖ですが、伝説級の逸品と見受けました。たしか、魔女ブリガンのコレクションの一つ……召喚杖《じょう》ヴェサリウスでは？」

「あら。万物は見通せなくても、だてに長生きはしていないようね」

ダーシャが婉然《えんぜん》と嗤《わら》う。

「一流の召喚士と、伝説級の召喚杖……両者がそろえば、大抵の召喚獣は呼びだせます。まさかとは思いますが……炎の巨人スルトを召喚したのは、あなただったのですか？」

「ふふっ。ご明察──さすがはゲルダね。お母様のライバルだった魔女だけあるわ」

「ライバルだと思ったことはありません。あちらが勝手に、わたしを追いかけ回していただけのこと。まるでストーカーでした」

「……お母様への侮辱《ぶじょく》は、許さなくってよ？」

突然、ダーシャは真顔になった。

「侮辱ではありません。ただの事実です」

「ふう……どうやら、あなたには然《しか》るべき調教が必要みたいね」

「その言葉、そっくりお返ししますよ。そんなことより、いい加減、あなたの目的を教えてはもらえませんか？　王都に巨人スルトを放ったり、召喚士マリーダに化けて探索部隊に潜りこんだり……あなたの意図がわかりません」

「ふっ。あなたも魔女なら、少しは自分の頭で考えたらどうかしらね。一つだけヒントをあげるなら、このダンジョン探索については、ちょっとした寄り道にすぎないわ。巨人スルトに王都を襲わせたのとは、まったくの別件よ。このダンジョンを、わたし以外のだれかに攻略されるのだけは、我慢がならなかったから」

「まさか、この〈グラキオス〉を創造したのは……？」

「そう。ここは、わたしのお母様――魔女ブリガンが構築したダンジョンなのよ」

と、ダーシャは得意げに答えた。

「もっとも、わたしとしたことが、あなたたちを買いかぶっていたようね。まさか、第四階層のゴール地点に到着するのが、やっとだったなんて。ねえ、ゲルダ？　あなたが全力で探索部隊を助けていたなら、もっと先に進めていたはずではなかったの？」

「そんなことをしたら、アイリスたちの修行になりませんから」

「歴代の魔女たちのなかでも、屈指の実力を誇るゲルダ……そのあなたが、まさか子守をしているなんて――落ちぶれたものね。ふふっ、どうやらおしゃべりが過ぎたようだわ。そろそろ、終わりにしましょうか」

「同感です。こうしている間にも、残り時間が三十分を切ってしまいました。あなたとて、さっさと帰還しないとダンジョンに喰われてしまいますよ？」

「ふっ」

ゲルダの忠告を、しかし、ダーシャは鼻で笑った。

「アスモデウスが守ってくれるから、わたしはダンジョンに残るわ。第五階層の入口も開いたことだしね」

「……ものすごい自信ですね。どうなっても知りませんよ？」

「ご忠告、痛み入るわ。でも、お構いなく」

「正直、問い詰めたいことは山ほどありますが、いまはやめておきましょう。ここでお別れです」

ゲルダはきっぱりと断言したが、アイリスは矢も盾もたまらず質問を飛ばした。

「待って！　本物の召喚士マリーダは生きてるの？　まさか――」

「べつに殺してないわよ。彼女の容姿を完全にコピーするために、肉体のデータを入念に採取しただけ。運が良ければ、誰《だれ》かに見つけてもらえるんじゃないかしら？」

「くっ……」

ダーシャの言葉が本当なら、抹殺されたわけではなさそうだ。だが、誰にも見つけてもらえなかった場合は、命を落とす可能性もあるということか。血も涙もない魔女だと思った。同じ魔女でも、ゲルダとは大違いだ――。

「それでは皆さん、ご機嫌よう」

絶対零度の微笑を浮かべると、ダーシャはアイリスたちに背をむけた。

「さらばだ、諸君」

アスモデウスも、律儀に挨拶《あいさつ》をした。

かつん、かつん……硬い足音を響かせながら、ダーシャがゆっくりと歩きだす。その前方には、第五階層へと続く階段の降り口がある。

「ねえ、ゲルダ。あのまま行かせても、いいの？」

アイリスは小声で尋ねた。

「仕方ありません。一刻も早く、翼竜石を使って脱出しなければ――」

「あら、すっかり忘れていたわ。すでに呪文は詠唱済みだったというのに、最後の一言を忘れるなんてね」

と、ダーシャが急に立ち止まった。

そして、無造作に召喚杖ヴェサリウスを振り上げたのである。

「顕現せよ――冥府《めいふ》の番犬、ケルベロス！」

QUEST 7 「ならば、俺がアイリスたちを連れ帰ってやる」

1

その日、イシュトたちは新たなクエストに挑むべく、朝早くから冒険者ギルド王都支部を訪れた。

生活がかかっているだけあって、朝のクエスト争奪戦は熾烈《しれつ》だ。一つのクエストに希望者が殺到した場合は、抽選となる。掲示板の前には、多くの冒険者が詰めかけていた。

「エルシィさんの姿が見えませんね。今日はお休みでしょうか？」

と、受付カウンターを眺めたリッカが小首を傾げた。

「ほんとですね。この時間帯なら、たいていカウンターに立っているのに」

ミラブーカもふしぎそうな顔をした。

イシュトも「珍しいこともあるものだ」と思い、ギルド職員に尋ねてみると――エルシィは午後から出勤する予定だという。今夜は宿直当番を務めるので、午前中は休みらしい。

なお、担当官が不在でも、クエストの受注だけなら他の職員が受け付けてくれるので、特に問題はないそうだ。

周囲の冒険者たちと張り合いつつ、イシュトたちはなんとか一枚の依頼票をゲットした。

今回のクエストは、「ルクス草」と呼ばれる薬草の採取である。

イシュトとしては、もっと報酬の高い大型クエストを望むところだったが、リッカとミラブーカが病みあがりであることを考慮すると、この程度が妥当だろうと判断した。

なお、目的の薬草が自生している「ルクスの丘」は、王都から徒歩で半日はかかる地域にあるそうだ。早朝に出発したとしても、現地到着は夕方となる。付近に町や村はないし、夜間の移動は危険も多い。必然的に、野営することになる。

さらに話を聞いてみると、ルクスの丘は観光地として有名で、毎年、多くの人が訪れるらしい。

ありがたいことに、王都の「猟師協会」が運営するキャンプ場があるので、野営に必要な道具は格安で貸してくれるそうだ。

「旅行気分で楽しめますよ」

と、ギルド職員は太鼓判を捺《お》してくれた。

2

実際、半日を費やしてルクスの丘にたどり着いてみると、風光明媚《めいび》な土地だった。

見渡す限りの草原の中央が丘になっている。

すでに陽《ひ》が傾いて、西空を緋色に染めていた。

さわやかな夕風が吹き抜けるたび、草原がさざ波を起こす。心が洗われるようだった。もう遅いので、薬草採取のクエストは明日に回そうと決めた。

キャンプ場は丘の麓《ふもと》にあった。

イシュトたちは歩き旅の疲れも忘れて、猟師協会の詰所として使われているログハウスに入った。年輩の猟師たちが、笑顔で迎えてくれた。受付をすませ、テントや調理用具などを借りた。

かくして、イシュトたちは意気揚々と野営の準備を始めたのだった。

行楽シーズンというわけでもないのに、キャンプ場は利用客でにぎわっていた。あちこちで薪《まき》が焚《た》かれ、すっかりお祭り騒ぎである。

イシュトたちが場所を確保し、テントの設営を終えた頃にはもう、頭上には満天の星が広がっていた。

三人とも、すっかり腹を空《す》かせていたので、すぐにバーベキューの準備に取りかかった。食材は、王都の朝市で買ったものを使う。

また、このキャンプ場には石窯《いしがま》がいくつも設置されていて、周囲の客たちは焼きたてのパンを堪能していた。

その香りに誘われるようにして、イシュトたちも石窯を利用することにした。三人で話し合った結果、ピザを焼くことに決まった。なんでも、ピザはミラブーカの生まれ故郷——港湾都市ヴェローナの名物料理らしい。

というわけで、材料の調達から調理に至るまで、ミラブーカが担当することになった。石窯の使い方についても、ミラブーカは熟知しているという。

「……で、俺にできることは？」

手持《ても》ち無沙汰《ぶさた》となったイシュトは、甲斐甲斐《かいがい》しく働くリッカとミラブーカに声をかけてみたのだが、

「イシュトさんは休憩していてくださいね。もうすぐ準備できますから」

と、まるで母親のような笑顔を浮かべつつ、リッカは応じた。

「ま、イシュトさんには命を救われましたしね。このくらいは任せてくださいよ」

一方、ミラブーカはピザの生地をこねながら、その口調こそ素っ気ないものの、やや照れたふうな横顔で答えたのだった。

「では、お言葉に甘えるとしよう」

イシュトは芝生の上で大の字になると、宝石をちりばめたような星空を眺めやった。

夜風が肌に心地よい。

なんだか自分という存在が、宇宙や大地と一体化したような——ふしぎな気がした。

「ふむ……こういう、のんびりとした時間も悪くないものだな」

そうつぶやくと、イシュトは夜風に身を委《ゆだ》ねた。

3

鉄板の上でジュウジュウ……と音をたてる肉に、イシュトとミラブーカは釘付《くぎづ》けになっている。

王都の朝市で購入した雉《きじ》や鹿や猪《いのしし》の肉は、夜になっても鮮度を保っていた。ミラブーカが新調したバッグには、保冷効果のある魔石が縫いこまれているのだ。

「このあたりのお肉でしたら、もう焼けてますよ」

と、リッカが笑顔で指し示す。雉のもも肉だった。表面がこんがりと焼けている様子は、見るからに美味そうだった。

「うおおおおーっ！」

「うりゃあああーっ！」

イシュトとミラブーカは弾《はじ》かれたように、肉の争奪戦を始めた。熱々の肉塊を頬張《ほおば》ったとたん、口の中で肉汁がジュワッと弾ける。

「美味い……美味いぞ……！」

「幸せです～！　ちょっとイシュトさん！　そんなに欲張らないでくださいよ！」

「お前こそ、がっつきすぎだろう！　おい、その肉はまだ赤いぞ！　生焼けの肉を食らって腹を壊しても知らんからな！」

「その言葉、そっくりお返ししますよーだ！」

「ええと……お肉はたくさんありますから、必死にならなくても大丈夫ですよ？　それと、お肉ばかりだと栄養が偏《かたよ》りますから、野菜もしっかり食べてくださいね」

と、苦笑を洩らすリッカ。イシュトとミラブーカの食べっぷりに圧倒されつつ、彼女自身もフォークと取り皿を手に取った。

バーベキューの食材があらかた片づいた頃、ミラブーカが腰をあげた。

「そろそろ頃合《ころあ》いだと思いますよ」

といって、石窯の前に立つ。

いよいよ石窯の扉が開かれるときが来たのだ。

イシュトは固唾《かたず》を呑《の》んで、ミラブーカの動きを目で追った。

リッカも両の拳《こぶし》を握り締めて、ミラブーカの一挙手一投足を見守っている。

「よっこらせ〜！」

可愛《かわい》らしい掛け声とともに、ミラブーカは重たげな扉を開け放った。そして、金属製の用具を手にすると、シャベルで土を掘るような仕草で、大きなピザを取り出した。

とろとろに溶けたチーズの上に、トマトやベーコンなどの具材がたっぷりと載っている。乾燥させたバジルの粉末が、香りと彩《いろど》りを添えている。あたかも、目の前に一つの楽園を差し出されたような気がした。

「おおっ！」

「うわあ……！」

「ふわわわわーっ！」

思わず、三人同時に叫んでいた。

「いやー。我ながら、うまく焼けましたよ！」

ミラブーカはにっこりすると、早速、ピザをナイフで切り分けていく。

最初の一口は、三人同時に頬張った。

次の瞬間、

「うまーーーーーーーーーーーーーっ!!!」

三人の喉《のど》からほとばしったのは、本能的な叫びだった。

瞬く間に、イシュトは一ピースをたいらげた。

すかさず次のピースを手に取る。

いつしか、全世界にむけて、この美味さを伝えたい気分になっていた。

「おい、ミラブー。これは店で出せるレベルだぞ。お前、ピザ屋にジョブ・チェンジしたらどうだ？」

と、イシュトは冗談まじりにいった。

「それは聞き捨てなりません！　あたしの夢はアイテム・マスターで――いえ、やめときましょう。このピザが美味《おい》しすぎて、怒るのもアホらしいといいますか……ふにゅう～、ほんっとにもう！　なんで、こんなに美味しいんですか……！」

「同感です！　いくらでも食べられますよ～。冒険者をやっていて、この味を知らないのは大損ですよね……！」

リッカも恍惚《こうこつ》とした表情を浮かべている。

将来、再び自分の城を手に入れるようなことがあれば、いっそミラブーカを宮廷料理長に据えてやるのもありだな……などと、イシュトは密《ひそ》かに思った。

「あうあう……」

と、突然、ミラブーカが大粒の涙をぼろぼろとこぼし始めたので、イシュトもリッカもギョッとした。

「おい、どうした？　腹が痛いなら、リッカに薬をもらうがいい」

「大丈夫ですか、ミラちゃん⁉」

さすがに心配になって、イシュトもリッカもミラブーカの顔を覗《のぞ》きこんだ。

ミラブーカは、まるで幼女のように泣きじゃくりながら、

「あたし、こんなに幸せでいいんでしょうか？　ここ最近だけで、二度も死にかけたあたしが、今夜は信じられないくらい贅沢《ぜいたく》なひとときを過ごしています。生きてて良かった……そう思うと、なんだか涙が止まらなくなってしまって……」

「ミラちゃん……！」

リッカはすっかりもらい泣きしながら、ミラブーカをぎゅっと抱き締めた。

「まったく、大袈裟《おおげさ》なやつだ。せっかくのピザが冷めてしまうぞ？」

湿っぽいのが苦手なイシュトは、苦笑を洩らしつつ、王都で買っておいた蒸留酒をグイッと呷《あお》った。ピザとの相性《あいしょう》も抜群に良かった。

4

焼きたての料理に感動したり、周囲の利用客たちに余った料理をお裾分《すそわ》けしたり、逆にお裾

分けしてもらったり、見知らぬ者同士で酒を酌み交わしたり——楽しい時間は、瞬く間に過ぎていった。

ようやく、にぎやかなひとときも落ち着いて、いまではもう、だれもが言葉数が少なくなっている。場の余韻を、しみじみと味わっている様子だった。

「……それにしても、行楽シーズンでもないのに、どうしてこんなに客がいるんだ？」

今更ながら、イシュトは疑問を口にした。

実際、老若男女を問わず、三十名ほどの客が集まっているのだ。

すると、リッカが「そういえば……」と口を開いた。

「さっきお客さんたちが話しているのを小耳に挟んだんですけど、あの第三次特殊迷宮探索部隊の帰還に立ち会うために、わざわざお越しになったそうです。魔女の迷宮〈グラキオス〉の入口って、このキャンプ場の近所にあるそうですよ」

「第三次……ああ、アイリスたちのことか」

あの壮大なパレード行進を思い出しながら、イシュトはつぶやいた。もう一週間ほど前のことなので、すっかり失念していたのである。

まさか、この平和なキャンプ場の近所で、魔女が構築したとかいう迷宮が口を開けていようとは、予想外だった。

「あ、それとですね。探索部隊の方々ですが、無事にダンジョンを脱出したら、このキャンプ場で一泊する予定らしいです」

と、リッカが補足した。

「ほう。ということは、そのうちアイリスたちがやって来るというわけか。どうせなら、ミラブーがつくったピザを食べさせてやりたかったな」

残念ながら、あの石窯ピザは美味しすぎて、あっという間に三人の胃袋に収まってしまったのである。

「ふーん。イシュトさんって、アイリスさんにご執心なんですね?」

と、ミラブーカが悪戯《いたずら》っぽく笑った。

「いや、まあ……このレハール王国に流れ着いたとき、たまたまアイリスたちに保護されてな。あいつには、いろいろと世話になった。それだけだ」

イシュトは素っ気なく応じた。

――アイリスフラウ・リゼルヴァイン。

王都を拠点に活動する、一流の冒険者。ジョブは白騎士《ロスヴァイセ》。

クールな性格で、ちょっとズレたところがあって、なにを考えているのかよくわからないときもあるが……たしかに、気になる存在ではある――。

そのときだった。

「おおいっ!　大変だーっ!」

だれかが大声で叫びながら、キャンプ場に飛びこんできたのである。

たちまち、キャンプ場は騒然となった。


「いますぐ王都に連絡してくれ！　いや、その前に水だ！　水をくれっ！」

突然の闖入者《ちんにゅう》者は、どことなく見覚えのあるリザードマンの二人組だった。

王都で暮らしていれば、リザードマンのような亜人種は珍しくもないのだが、イシュトと彼らの間には、ちょっとした因縁があった。

例のリザードマン兄弟である。

兄は魔道士系で、リザードマンとしては小柄な部類である。対照的に、弟は戦士系で、筋骨隆々とした巨軀《きょく》を誇る。ちなみに、相変わらず名前は聞いていない。

たしか、彼らも第三次特殊迷宮探索部隊の一員だったはずだ。

なんとなく、イシュトは胸騒《むなさわ》ぎを覚えた。

「おい、お前ら。なにがあった？」

キャンプ場の利用客から水を分けてもらった兄弟の前に、イシュトは進み出た。

兄弟は、ここまで全力で走ってきたらしい。息も絶え絶えになっていたのだが、イシュトの顔を見たとたん、飛び上がらんばかりにおどろいた。

「冒険者イシュト⁉　どっ、どうして、お前がここにいるのだ！」

兄のほうが、目をまん丸にして尋ねてきた。

「俺の名前を知っているのか？　名のった覚えはないがな」

「ちっ。銀狼《ぎんろう》騎士団と協力して、あの巨人スルトを討伐《とうばつ》した勇者だろうが――王都の冒険者なら、誰《だれ》でも知っているだろうさ」

「俺を勇者と呼ぶなっ！」

イシュトは一喝した。ここ最近、ようやく勇者呼ばわりされることもなくなり、ホッとしていたところだったので、つい過剰反応してしまったのである。

「ひいっ！　すっ、すみません！」

その場で平伏する兄。

「…………」

一方、弟のほうといえば、もはやイシュトと口を利《き》くのも恐ろしいといわんばかり。ぶるぶると震えながら、兄の背後に隠れている。もっとも、兄のほうが小柄なので、頭も尻《しり》も隠しきれていないのだが。

「ああ、いや……大きな声をだしてすまなかったな。それで、お前たちは一体、なにを伝えに来たのだ？　よほどの事態と見えるが」

「そっ、そうだった！　つい先ほど、俺たち探索部隊はダンジョン探索を打ち切り、翼竜石を使って脱出したんだ。迷宮のリセット現象に巻きこまれてしまったら、二度と戻ってこられなくなるからな」

「……まさか。誰かが巻きこまれたのか？」

「ああ……アイリスさんたちが、いつまで経《た》っても戻ってこないんだ！　しかも、すでに日付が変わってしまった……！　ダンジョンはリセットされ、ほとんど一瞬で再構築されてしまった！」

「なんだと⁉」

イシュトは思わず、リザードマンの胸ぐらをつかんだ。たちまち、周囲が止めに入った。


さらに詳しく話を聞いてみると――。

目下、ダンジョンから脱出できた冒険者たちの間では、いますぐアイリスたちを救いに行くべきだ！　と主張する強硬派たちと、様子を見るべきだという慎重派に分かれて、議論の真っ最中だという。

問題なのは、リセットされたダンジョンに踏みこんだとして、アイリスたちを救出できる保証はないということだ。アイリスたちを発見できるかどうかも怪しい。

「……というわけだ。あのままでは収拾がつかなくなりそうだったのでな。とりあえず、わたしと弟が外に状況を伝えるべく、ここまで駆けつけてきたのだ」

リザードマンの兄は話を終えた。

イシュトは呆然《ぼうぜん》とした。まさか、探索部隊の中核を担う銀狼騎士団が未帰還になってしまうとは、想像の外だった。あのアイリスたちに限って――。

「とにかく、ギルドに連絡を取りたいんだ！」

と、リザードマンの弟が必死の形相で叫んだ。

イシュトは怪訝《けげん》に思った。連絡を取りたい？　どうやって？　ここから王都まで、一体どれだけ離れていると思っているのだろう？　仮に伝書鳩を飛ばしたとしても、かなりの時間がかかってしまう。

そのとき、キャンプ場の管理人を務める猟師が、

「おーい！　通信用のマジック・アイテムを持ってきたぞー！」

と叫びながら、リザードマン兄弟のもとに駆けつけた。その猟師は、いかにも高級そうな宝箱を小脇《こわき》に抱えている。

「かたじけない！」

リザードマンの兄は叫ぶと、猟師に頭を下げた。

5

『はい。こちら、冒険者ギルド王都支部です。本日の宿直担当は、エルシィ・ノワが務めてお

ります。ご用件をどうぞ』

イシュトは瞠目《どうもく》した。

猟師が持参したマジック・アイテムとは、一見、手のひらサイズの水晶球を、木彫りの台座に嵌《は》めこんだだけのようにしか見えなかった。

だが、リザードマンの兄が魔力を注《そそ》ぎこんだとたん、おどろくべき現象が生じた。

あろうことか、目の前の空間に冒険者ギルドの事務室が映し出されたかと思うと、制服姿のエルシィが現れたのだった。

『あら、イシュトさん？　それに、リッカさんとミラブーカさんまで……これは一体、どういう状況でしょう？』

エルシィもまた、目を丸くした。

なんと、エルシィからも、こちらが見えているのだ。

冒険者ギルドの判断を仰《あお》ぎたくとも、徒歩で半日の距離に隔てられた状況にあって、これほど役に立つアイテムは他にないだろう。

「エルシィ殿！　実は――」

リザードマンの兄が、先ほどイシュトが聞かされた説明を繰り返した。

『……了解しました。わたくしの一存では決められない状況ですので、ただいまベルダライン支部長を呼んできます。ちょうど、先ほど繁華街から帰ってきたところですので、すぐにつながりますよ』
そこでいったん、通信が途絶えた。
「まさか、あの牝狐《めぎつね》までが王都支部に居合わせるとはな。繁華街から帰ってきたばかりとい
うのが、少々気になるが……」
イシュトが嫌な予感を覚えていると、再び通信が復活した。
『やあ～、待たせてすまないねぇ。話はエルシィから聞かせてもらったよ。まさか、あのゲル
ダが付いていていながら、こんなことになるとはね～……よほどの事態だと思うなあ』
悪い予感は的中した。
冒険者ギルド王都支部の長を務める獣人族――オルタンシア・レメイ・ベルダライン女史
は、すっかり酔っぱらっていたのだ。
「おい、牝狐。ちゃんと状況を把握できているんだろうな？」
イシュトが鋭く尋ねると、ベルダライン支部長は頬《ほお》を弛緩《しかん》させたまま、コップの水を口に
した。見る見るうちに、その表情が引き締まる。
『ふっ。この僕を、誰だと思っているんだい？　僕にとって、この程度の酔いはデフォルトに
決まってるじゃないか』
「なんの自慢にもなっていないぞ！　で、お前の意見はどうなのだ？　それを聞くために、リ

ザードマン兄弟は全力で走ってきたのだ。ちゃんと応《こた》えてやるのが筋だろう？」

イシュトにまっすぐ見据えられると、ようやく支部長は真顔になった。

『そうだね……冒険者ギルド王都支部の代表者としては、探索部隊の生存者全員に命じざるを得ない。今夜はそのキャンプ場で一泊して、夜明けとともに帰還せよ――とね』

「支部長殿！　それはつまり、銀狼騎士団を見捨てろということですか⁉」

と、リザードマンの兄が悲痛な声をあげた。

「いくらなんでも、そいつぁあんまりだ！　おい、牝狐ぇ！　てめぇには血も涙もないのかよっ⁉」

一方、弟は憤怒の形相で叫んだ。かろうじて礼節を保っている兄とは対照的に、こちらは感情を剥《む》き出しにしている。

『少しは頭を冷やしたまえ。そもそも探索部隊のメンバーたちは、七日間にわたる大型クエストを終えたばかりで、かなり消耗しているはずだ。君たちの話によれば、怪我《けが》人も多いらしいじゃないか。そんな状況で、再びダンジョンに入らせるわけにはいかないな。現実的に考えて、探索部隊に救出能力があるとは思えない。それどころか、二次災害が起こりかねない』

「ですが！ 今回のダンジョン探索において、いちばんの功労者は、間違いなく銀狼騎士団です！ わたしも何度か、彼女たちに危ないところを救われました。このまま見捨てるというのは、あまりにも――」

リザードマンの兄は、なんとか食い下がろうと必死になっている。

このままでは、ベルダラインとリザードマンの議論は平行線をたどるばかりだろう。

合理的に考えるなら、ベルダラインが正しいといわざるを得ない。

だが、リザードマンの感情的な意見も理解できるのだ。

なによりもイシュト自身が、アイリスたちを救出してやりたいと思っている。

この異世界に漂着して以来、彼女たちとはふしぎな縁で結ばれていたような気がする。

ほとんど無意識に、イシュトはリザードマン兄弟よりも前に出ていた。そして、ベルダラインにむけて宣言したのである。

「ならば、俺がアイリスたちを連れ帰ってやる。それでどうだ？　少し酒が入っちゃいるが、俺なら体力も魔力も残っている。少なくとも、疲労困憊《ひろうこんぱい》した冒険者たちよりは役に立つと思うがな」

『へっ？　君が行くというのかい？』

ベルダラインは目を丸くしたが、やがて納得顔を浮かべた。

『ふむ……たしかに、これまでにも君は、僕たちの常識を何度も覆《くつがえ》してくれたね。いいだろう。それでは僕の名において、君に緊急の依頼をしようじゃないか！　クエストのタイトルは「銀狼騎士団の救出」だ。受けてくれるかな？』

「待っていたぞ、その言葉をな！」

イシュトはにやりとして、支部長直々の依頼を受けたのだった。

6

結論が出るやいなや、イシュトは臨時クエストの準備を始めた。

必要となる物資は、キャンプ場が支給してくれた。

携帯糧食、飲料水、各種ポーション、ダンジョン内での経過時間だけを表示してくれる簡易時計、暗所を照らす携帯魔晶灯《ましょうとう》。そして、一瞬でダンジョンから脱出できるアイテム「翼竜石」も、一個だけだが持たせてくれた。

準備は着々と進んでいく――。

『そうだ、いまのうちに釘《くぎ》を刺しておくよ。先ほどから、リッカ君とミラブーカ君が妙にそわそわしている様子だけどね。魔女の迷宮はハイレベルなダンジョンだから、君たち二人はお留守番だ。いいね？』

と、ベルダラインが渋い口調で告げた。

イシュト自身、二人の様子には気づいていたので、そろそろ自分の口から「今回は俺一人で行く」と伝えるつもりだったのだが、その手間が省《はぶ》けたようだ。

「そんな！　わたしだってチーム・イシュトの一員なんです！　イシュトさんに付いていきま

す！　火力にだけは自信がありますから！」

「あたしだって、お供しますよ！　道具士として、イシュトさんの補佐くらいはできるはずです。そもそも道具士とは、とある英雄の従者から派生したジョブなんです。いまこそ、道具士の真価を発揮してみせますよ！」

たちまち、リッカとミラブーカは反論した。

イシュトとしては、二人の気持ちは純粋に嬉《うれ》しかった。

よくぞいってくれた、とさえ思う。

だが、魔女の迷宮〈グラキオス〉とやらは、相当に難易度の高いダンジョンらしい。

リッカはレベル3になったばかり、ミラブーカに至ってはレベル1だ。

たとえば、そんな二人がいきなり魔王城に突入したらどうなるか？　最初に遭遇した衛兵の、なんの変哲もない物理攻撃を食らっただけでも、呆気《あっけ》なく天に召されてしまうだろう。とても連れて行く気にはなれない……。

その気になれば「足手まといだから来るな！」と、きっぱり断ることもできる。だが、リッカとミラブーカの眼差《まなざ》しは真剣そのもので、もはや梃子《てこ》でも動きそうにない。

イシュトは、あえて前向きに考えることにした。

そうだ、二人ともレベルこそ低いものの、一芸に秀でているのは間違いない。

リッカの魔法攻撃力は特筆に値する。

ミラブーカが従者として同行してくれれば、探索活動が楽になるだろう。

「……ふう、わかった。ただし、命の保証はないぞ？　なにが起ころうが後悔はしないと約束できるなら、ついてくるがよい」

イシュトが念を押すように告げると、

「了解です！　わたしのことは、固定砲台だと思ってください！」

「早速ですが、その荷物はあたしが持ちますよ！」

リッカもミラブーカも喜び勇んで、同行するための準備を始めた。

『話はついたようだね、イシュト君。よい仲間に恵まれて、君は幸せ者だ』

と、ベルダライン支部長が声をかけてきた。

「余計なお世話だ。そろそろ出発するぞ」

イシュトは照れくさい気持ちを隠すように、素っ気なく応じた。

『聞いてくれ、イシュト君。実をいうとね――』

と、ベルダラインが改まった口調で切りだした。

『僕はゲルダを親友だと思っているし、アイリス嬢だって大好きだ。ランツェのツンツンしたところも魅力的だし、天真爛漫《てんしんらんまん》なルテッサも可愛い。聖獣クルルの毛並みなら、いつまでも撫《な》でていたいくらいだよ……！　あの子たちを見捨てることなんて、できるわけがないじゃないか！』

ここに至り、ベルダラインは本音をぶちまけたのである。支部長としての冷徹な仮面を被《かぶ》り続けられるほど、忍耐強い性格ではないのだろう。

『ああ、それとだね。このクエストの報酬については、無事に帰ってからのお楽しみだ。脳漿《のうしょう》を振り絞って考えておくから、期待していてくれたまえ』

「ふっ。ろくな褒美《ほうび》にならんことだけは予想できるな」

イシュトが肩をすくめたとき、ずっと映像の外側に控えていたエルシィが、ベルダライン支部長の隣に素早く並んだ。いつになく切実な顔をしていた。

『イシュトさん！　ご武運をお祈りしています！　リッカさんとミラブーカさんもお気をつけて！　絶対に、絶対に、帰ってきてくださいね……！』

「ああ、当然だ――」

俺は魔王だからな、とイシュトは心のなかで付け加えた。

7

その後、リザードマン兄弟の案内で、イシュトたちは魔女の迷宮〈グラキオス〉の入口に到着した。

兄弟の報告では、探索部隊のメンバーたちは「強硬派」と「慎重派」に分かれて議論をしていたそうだが、イシュトたちが到着してみると、揉《も》めている様子はなかった。

意外にも――探索部隊の中心には、見覚えのある姿があった。

聖獣クルルである。

狼《おおかみ》に似ているが、額の中央から雄々しい角が生えている。イシュトの知る限り、あれほど神々《こうごう》しい獣はクルル以外にあり得ない。

どうやら、リザードマン兄弟がキャンプ場を訪れている間に、クルルだけがひょっこりと帰還したらしい。

「うぉん！　うぉん！」

イシュトの姿を見つけるなり、クルルは激しく吠《ほ》えながら、体当たりをせんばかりに飛びついてきた。

「よくぞ帰ってきたな、クルル！　だが……アイリスたちの姿はないな。お前だけがもどってきた――というわけか？」

イシュトはクルルを抱き留めてやりながら、思案した。

「それにしても……どうしてクルルだけが――ふむ、そうか。たしか、クルルは独自の転移スキルを持っているのだったな」

先日、ルテッサから聞いた話を思い出した。

聖獣には生まれつき、ふしぎなスキルが備わっているのだという。

クルルの場合は、それが転移術だったというわけだ。ただし、転移可能なのは自分だけであり、仲間を一緒に連れて行くことはできないらしい。

と、リザードマンの兄が声をかけてきた。

「元々、このダンジョンには転送魔法を封じるという、いやらしい仕掛けが施されていた。ならばこそ、我々は翼竜石を頼りにしていた。翼竜石ならば、ちゃんと使えたからな」

「アイリスたちも、翼竜石は所持していたはずだろう?」

「当然だ。なんらかの理由で、翼竜石までが使えなくなったと考えるしかない。紛失してしまったか、あるいは、翼竜石が使用不可となる状況に追いこまれたか……」

「ふむ、状況が見えてきたぞ。転移魔法も翼竜石も使えない状況下で、クルルの聖獣スキルだけは、そうした障害を乗り越えた——というわけだな。でかしたぞ、クルル」

イシュトはクルルの背中を優しく撫《な》でてやった。

「クルルの鼻なら、アイリスたち——特にルテッサの匂《にお》いを嗅《か》ぎ分けることができるかもな。あいつらの居場所まで、クルルが案内してくれるかもしれんぞ」

「そう都合良くいけば、よいのだが。頼んだぞ、イシュヴァルト・アースレイ。銀狼騎士団の命運、お前に託す!」

意外にも、リザードマンの兄は深々と頭を下げた。そんな兄を目の当《ま》たり《あ》にして、気性の荒い弟までが、無言で頭を下げたのだった。

と、リザードマン兄弟のお辞儀に触発されたのか、

「任せたぞ、大型新人！」

「銀狼騎士団を救ってやってくれ！」

「あなたが最後の希望です……！」

「巨人スルトを倒した手腕に期待するぜ！」

他の冒険者たちも、口々に叫び始めた。

イシュトは軽く手をあげて応じると、リッカ、ミラブーカ、そして聖獣クルルを従えて、いよいよ魔女の迷宮〈グラキオス〉に踏みこんだ。

8

「――ひえええええええっ⁉」

ダンジョンの攻略を開始してから一分と経《た》たぬうちに、ミラブーカは失禁しそうになった。

かろうじて洩らすのだけは耐えたが、手にしていた魔晶灯を落としてしまう。壊れずにすんだのは、不幸中の幸いだった。

ちなみに、イシュトと聖獣クルルは暗視スキルを持っているそうで、照明の類は不要らしいが……もちろんミラブーカは常人なので、灯《あか》りが必要となる。

ちなみに、リッカもエルフの血を引いているので視力は優れているものの、さすがに暗視まではできないそうだ。なんだか親近感が湧《わ》いた。

猟師から借りた魔晶灯は携帯型で、光魔法の効果を持つ魔石が搭載されている。十日間は連続使用が可能だし、火を使うわけでもない。松明《たいまつ》やランプといった古典的な照明器具よりも安心かつ安全である。

それはともかく——入口から少し奥に進んでみただけでも、このダンジョンの難易度が異様なまでに高いのは一目瞭然だった。

まだ第一階層だというのに、上級モンスターが次から次へと襲いかかってくるのだ。

ミラブーカとリッカは、新たなモンスターが出現するたびに悲鳴を禁じ得ない。たった一撃でも喰《く》らってしまったら、即死は免れないだろう。一度のミスさえ許されない、極限状況といえた。

——ヤバい……これは、ほんとにヤバいです……あたしなんかが軽々しく踏みこんでいいダンジョンじゃなかったですよぅ！

イシュトにバカにされるのは癪《しゃく》なので、泣き言は心のなかだけに留《とど》めた。ミラブーカなりの、せめてもの意地だった。さりげなくリッカの横顔をうかがうと、

「…………」

完全に、顔から血が引いている。案の定、ミラブーカと同じ気持ちのようだ。

「大丈夫ですか、リッカさん？」

「はっ、はい！　わたしだって、黒魔道士のはしくれ……いざとなれば、どかんと大きいのをお見舞いしてやります……！」

「お願いですから、こんな狭い通路でファイアボールを撃つのだけはやめてくださいよ？　運良く丸焼けは免《まぬが》れたとしても、みんなで仲良く窒息《ちっそく》死する羽目になりますから……それと、地属性の魔法もやめたほうがいいですね。周囲は土や岩盤だらけ……地属性の魔法を増幅させる効果があります。普通の魔道士なら積極的に利用すべきですが、リッカさんの場合は……」

「そっ、それでは、水属性か風属性の魔法だけを使うようにします！」

「まあ……イシュトさんさえいれば、あたしらは従者として大人しく控えているだけで問題ないような気もしますけどね」

と、ミラブーカは苦笑した。

事実、頻繁《ひんぱん》に遭遇するモンスターよりも驚異的なのが、イシュトの戦闘能力だった。

ドラゴン並みの大型種が現れようが、とりあえず――ぶん殴る。あるいは、蹴《け》り倒す。

すると、どうだろう。

凶悪極《きわ》まるモンスターのはずなのに、例外なく、たったの一撃で沈黙するのだ。まるで流れ作業のように、次から次へと大型種を倒していくイシュトの姿は、なにやら壮大な喜劇でも見せられているかのようだった。

しかも、大型種を何匹も吹っ飛ばした末に、

「ふむ。腹ごなしの運動としては、ちょどいいな。酔いも冷めてきたぞ。リッカもミラブーも大丈夫か?」

涼しげな顔をして、背後の二人を気遣ったものである。

「……マジですか」

ミラブーカは改めて、イシュトのデタラメぶりを痛感させられた。

「本当に、とんでもない人です……」

リッカもぽかんと呆《ほう》けてしまっている。

「うぉんっ!」

そのとき、聖獣クルルが鋭い雄叫《おたけ》びをあげると、いきなり駆けだした。

「どっ、どうします⁉」

思わず声をあげたミラブーカとは対照的に、イシュトは満足そうな笑みをこぼした。

「ふむ……案外、本当にルテッサの匂いを嗅ぎつけたのではないか?」

「それって、つまり……!」

と、リッカが期待のこもった表情を浮かべた。

「ああ。すでにダンジョンは再構築されてしまったが、まだどこかでアイリスたちは生きているということだ。クルルを追っていけば、あいつらの居場所にたどり着けるだろう。二人とも、

ついて来られるか？」

「お供します！　たとえ、地獄の果てであろうとも！」

リッカが毅然《きぜん》として、決意を口にする。

「はっ！　あたしの健脚を舐《な》めないでくださいよ！」

ミラブーカも、リッカに負けじとばかりに主張した。

「その意気や良し。行くぞ！」

先導するクルルを追って、早足になるイシュト。

「はい！」

その背を追って、ミラブーカとリッカも駆けだした。


やがてクルルが案内したのは、完全な行き止まりだった。

「妙ですね」

ミラブーカは魔晶灯をかざし、周囲を入念に照らしてみたが、天井《てんじょう》や床に抜け穴があるわけでもなさそうだ。

それでも、クルルはしきりに、突き当たりの壁に執着している。まるで、この壁のむこうに進めといわんばかりだ。

「イシュトさん。クルルはどういうつもりなんでしょうね？」

と、ミラブーカは声をかけてみた。

「ううむ。この壁のむこう側に、俺たちを導きたいようだが」

「迂回《うかい》したほうがいいんじゃないですか？　そもそも冒険者さんたちの報告によれば、アイリスさんたちは第四階層の大広間にいたわけで。となれば、とにかく第四階層を目指したほうがよいかと思うんですけど」

「いや、バカ正直に第四層を目指していたら、何日もかかってしまう。それまでアイリスたちが無事でいられるかどうか、保証はない。大体、アイリスたちが攻略した迷宮と、いま現在の迷宮では、まったくの別物なのだ。常識に囚《とら》われている限り、アイリスたちを発見するのは無理だろうな」

イシュトが意外にまともな返事をよこしたので、ミラブーカは面食らった。

「それは、まあ……そうかもしれませんけど」

「あっ、あの！　わたしの黒魔法で、壁を崩してみましょうか？」

と、リッカが突然、恐ろしいことを口にした。

「ダメですよ、リッカさん！　天井が崩落したら、生き埋めになっちゃいます！」

ミラブーカがあわてて注意すると、

「あうっ……そうですよね」

リッカはがっくりと肩を落とした。

「仕方ありませんね。ここは、あたしに任せてください！　この爆弾を使って――」

ミラブーカがバッグのなかを探ろうとした矢先、

「ええい、やめんか！」

あいにく、イシュトに止められてしまった。

「どっ、どうして止めるんですか⁉　ちゃんと火薬の量を調節すれば、壁だけを綺麗《きれい》に崩せますよ！」

「お前、土木作業の経験は？」

「ええと……ありません」

ミラブーカは正直に答えた。

「爆弾には限りがある。いざというときのために、温存しておけ」

「ですが、その『いざというとき』ってのが、まさしくいまじゃないんですか？」

「いや、そうでもないぞ」

イシュトはにやりとした。

「それじゃあ、どうするんです？」

「うむ。とりあえず、こうしてみるか――」

イシュトは無造作に、硬そうな岩壁の中央を殴りつけた。

軽い衝撃と、若干の振動を経て――。

「ひゃあっ⁉」

リッカが素《す》っ頓狂《とんきょう》な声をあげた。

「ええ……⁉」

ミラブーカもまた、呆気《あっけ》にとられてしまった。

あれほど強固に見えた岩壁が、見事に崩れ落ちている。崩れた壁のむこうには、新たな通路が延びている。しかも、力加減が絶妙だったようで、天井が崩落するような気配は微塵《みじん》もない。

黒魔法も、爆弾も使うことなく――イシュトは己《おのれ》の拳一つで、新たなルートを切り開いてしまったのだ……！

「うぉんっ！」

クルルは嬉しそうに尻尾《しっぽ》を振ると、新たな道をためらいなく進んでいった。やはり、この道の先にアイリスたちがいるようだ。

「よし。この調子で突き進むぞ」

イシュトは満足げに微笑《ほほえ》むと、クルルのあとを追いかけた。

「本っ当にデタラメな人ですね……！　イシュトさんって、いつもいつも、あんな感じなんですか？」

「そうですね……あんな感じです」

ミラブーカの問いかけに、リッカは苦笑まじりに答えたのだった。

9

その後も、イシュトは聖獣クルルの導きに従い、あるときは壁をぶち抜き、あるときは床を崩し、またあるときは天井を突き破ったりして、どんどんダンジョンを攻略していった。

……いや、実際のところは。

もはや攻略というよりも、縦横無尽《じゅうおうむじん》に破壊しているようにしか見えなかった。

それでも、イシュトが破壊した箇所の向こう側には、確実に新たな通路が現れた。ある意味、イシュトとクルルが織りなす華麗な連携プレーともいえた。

また、リッカも少しずつダンジョン内での戦い方がわかってきたようで、指向性の強い初級魔法「サンダーボルト」を駆使し、イシュトの援護を始めていた。風属性と水属性の複合魔法である。これならファイアボールのように、周囲を吹き飛ばすことはない。

もっとも、まだ完全に魔力を制御するには至っていないようだ。時折、リッカが生みだした紫電がイシュトの背中に直撃しては、

「ごめんなさいっ！」

「多少の誤爆は許すから、いまは迎撃に専念しろ！」

という、奇妙なやり取りが聞こえてくる。

従者として大人しく控えつつも、ミラブーカはおどろいたり呆《あき》れたり、息つく暇《ひま》もないような有り様だった。

「……ふう。もう何度も岩盤をぶち抜いてやったはずだが、まだたどり着けんとはな」

と、イシュトが額の汗を拭いつつ、珍しく愚痴をこぼした。

「一度、休憩します?」

と、ミラブーカは声をかけてみた。

「いや、大丈夫だ。むしろ、お前たちこそ平気か?」

「わたしはミラちゃんからポーションをもらいましたので、大丈夫ですよ」

と、笑顔で答えるリッカ。かなりの魔力を消耗したはずだが、顔色は良いし、疲れている様子もない。

「あたしだって、問題ありませんよ！　まだまだ歩けます！」

すかさず、ミラブーカも応じた。

「そうか。お前の健脚スキルとやら、なかなか大したものではないか。荷物の大半を任せているというのに、弱音一つ吐かんとはな。案外、本当に――アイテム・マスターになれる器かもしれんな」

といって、イシュトは爽《さわ》やかな笑みを見せた。

――ドクン。

ミラブーカは、自分の心臓が大きく跳ねあがるのを自覚した。

たちまち、全身がカッと火照《ほて》ってしまう。

「なっ、ななっ！　そっ、そんなふうに褒めたって、なにも出ませんからね！　まったく、恥ずかしい人ですね！」

自分でも情けないくらい、ミラブーカはうろたえている。

「お前が勝手に恥ずかしがっているだけだろうが。まあ、せいぜい精進《しょうじん》することだ。修行が必要ならば、いくらでも付き合ってやる」

本当に、卑怯《ひきょう》な人だと思った。

そんなふうにいわれたら――思いっきり甘えたくなってしまうではないか。

「……余計な、お世話です」

ミラブーカがもじもじしながら煩悶《はんもん》している間にも、イシュトは新たな壁を破壊した。ドゴッという、すでに耳に馴染《なじ》んでしまった音響とともに、新たな通路が現れて――。

「むっ？　なんだ、これは⁉」

ダンジョン探索を開始して以来、イシュトが初めて眉をひそめた。

「――⁉」

ミラブーカとリッカは、声をあげることすらできなかった。

崩れた壁のむこうに広がっているのは、明らかに異様な空間だったのである。

一応、通路自体は続いているものの、前後左右、そして上下の区別も曖昧《あいまい》な闇《やみ》の奥に、石造りの通路が浮いているように見える。

しかも、その通路は曲がりくねったり、ぐるぐる巻きになっていたり……と、かなりフリーダムな造形となっている。

まさか、あの道を進んで行けというのだろうか……。

なお、完全な闇というわけでもない。

あちこちに謎《なぞ》の光源が浮かんでいて、虹色に輝いている。おかげで、通路の形状も把握できるのだ。もはや魔晶灯は不要だろう。

案外、本当に「地獄の果て」だったりして――などと考えていたら、ミラブーカは手のひらにじっとりと汗をかいていることに気づいた。いつの間にか、膝頭《ひざがしら》もがくがくと震えている……。

「ええと……イシュトさん？　なんていうか、あの空間……どう見ても、普通じゃないですよね？」

「うむ。俺たちが生活している世界とは、明らかに違う――いわば『異空間』とでもいったところか。おそらく、俺たちが常識だと思っている物理法則は通用せんだろうな」

「すごいですね……あれを見ても、まったく動じないなんて」

と、リッカが青い顔をしながら、イシュトに称賛の声をかけた。ミラブーカも同じ気持ちではあったが、なんとなく癪なので、褒め言葉を口にするのはやめた。

「まあ、ああいう怪しい空間なら、すでに一度、漂流したことがあるからな。いまさら恐怖は感じないな」

「マジですか……」

この男、本当に何者なんだろう……と、いまさらのようにミラブーカは思った。

「おっ、クルルが駆けだしたぞ」

と、イシュトが反応した。

事実、これほど異様な光景を目の前にしても、聖獣クルルは怯《おび》えることなく、敢然と一歩を踏みだしたのだ。

「よし、追いかけるぞ！」

イシュトも迷うことなく、地面を蹴って走りだす。

「わわっ！　待ってくださ〜い！」

と、大慌てでイシュトの背中を追うリッカ。

「はあ……ここまで来れば、『毒を食らわば皿まで』ですよ！」

ほとんど自棄《やけ》になりながら、ミラブーカも駆けだしたのだった。

10

――ケルベロス。

「地獄の番犬」の二つ名を持つ召喚獣である。

三つの頭部をそなえ、毛並みは漆黒。アイリスたちをじろりと睥《にら》む双眸《そうぼう》は爛々《らんらん》と輝いて、地獄の業火を彷彿《ほうふつ》とさせた。

「「「ガルルルルル……」」」

獰猛《どうもう》な唸《うな》り声が、空気をびりびりと震撼《しんかん》させる。

しかも、その体格はドラゴンに匹敵《ひってき》するほど巨《おお》きい。ただ一歩を踏み出すだけで、ずん……と地面が揺れた。

神話では地獄の番犬を務めているだけあって、とてつもない威圧を感じる。あの巨人スルトと同格……いや、それ以上の召喚獣かもしれない。

なお、これほど物騒な置き土産を残した張本人――魔女ダーシャは、悠然と階段を下りてしまった。いまや影も形もない。

ただでさえ、アイリスたちは第四の階層主を討伐した直後である。連戦ともなれば、体力的にも精神的にも厳しい。となれば、ここは撤退するのがセオリーである。

「「「オオオオ……ッ！」」」

と、小手調べとばかりに、炎を吐くケルベロス。火焔《ブレス》の三重奏を紙一重でかわしつつ、反撃の好機をうかがうアイリスたち。

「ルテッサ！　いまのうちに翼竜石を使え！」

自慢の重槍を構えつつ、ランツェが後方にむかって叱咤《しった》する。

だが――。

「あかん、翼竜石が使えんのや！　使おうとしたら、ただの石ころになってしもた！　これが最後の一個やったのに！」

「なんだとっ⁉」

愕然《がくぜん》とするランツェ。

「……思い出しました。たしかケルベロスは、敵対者の撤退行動を阻《はば》むスキルを持っているのです」

と、ゲルダが淡々と解説を始めた。

「なにぶんケルベロスに遭遇するのは百年ぶりですので、うっかり失念していました」

「厄介なスキルだね……」

ゲルダの言葉を背中で聞きながら、アイリスはつぶやいた。

「それと、もう一つ。あのベルグントと同じく、ケルベロスにも魔法攻撃は通用しません。つまり、ゲルダの黒魔法やルテッサの魔導騎銃でダメージを与えることはできません。さらには、状態異常を誘発するタイプの魔法もすべて無効化されます」

「そうなんだ？　むしろ、そっちのほうが問題だね」

アイリスは眉根《まゆね》を寄せた。

これはもう、銀狼騎士団を結成して以来、最大の危機かもしれない――。

このダンジョンのルールにより、ゲルダの転送魔法は使えない。攻撃魔法も効かない。そして、ケルベロスと相対している限り、翼竜石を使って逃げることもできない。いや、そもそも翼竜石のストックが切れてしまったのだから、逃げる手段がない……！

そのときだった。

この大広間に、鐘のような音色《ねいろ》が響きわたったのである。

荘厳なようで、どこか作り物めいた不気味さも感じられた。

アイリスの耳には、まるで弔鐘《ちょうしょう》のように聞こえた。

「この音は……？」

「たったいま、深夜零時になりました。時間切れです。これからなにが起こるのかは……ゲルダにもわかりません」

と、懐中時計を確認しつつ、ゲルダが告げた。

「ちょっ⁉　うちら、このダンジョンに喰われてしまうんかっ？　そんなん嫌や～！　……って、あれれっ⁉　クーちゃんはどこや？　なんでおらへんのや⁉」

おろおろしながら、相棒の姿を探すルテッサ。

事実、クルルは忽然《こつぜん》と消失していた。

おそらく、クルルは独自の判断で脱出したのだろう。不幸中の幸いというか、クルルの転移能力に限っては、ダンジョンが課したルールにせよ、ケルベロスの独自スキルにせよ、阻《はば》むことができなかったようである。

クルルは賢い獣だし、なによりルテッサを見捨てるはずがない。きっとクルルなりに考えがあってのことだとは思うけれど――と、アイリスは思った。

「アイリス様、ここはわたくしにお任せを！　まずはケルベロスを倒さなくては、打開策を考える余裕もありませんから！」

と、ランツェがアイリスを下がらせると、

「うおおおおっ……！」

その全身に気迫をみなぎらせた。

次の瞬間、重厚な大鎧を構成するパーツの大半が弾け飛んだ。

美しさと強靱《きょうじん》さを兼ね備えた肌が、惜しげもなくあらわとなる。いまや身に着けているのは、本人の性格からは想像もつかない、可愛らしい下着だけだった。

重槍騎士のアビリティ、疾風怒濤《シユトゥルム・ウント・ドラング》である。

幼馴染《おさななじ》みのアイリスでさえ、過去に数度しか見たことがない絶技だ。

防具を棄《す》てることで自らを軽量化し、一時的に攻撃力と素早さを最大限に上昇させる特殊能力。だが、それは諸刃の剣でもある。防具がない状態で一撃でも喰らったら、即死する可能性だってあるのだから――。

そのとき、ゲルダが再びなにかを思い出したように、口を開いた。

「ランツェ、待ってくださ――」

だが、もはや臨戦態勢をとったランツェの耳に、その言葉は届かなかった。

「ランツェルーナ・カレンベルク、いざ参る！」

騎士らしく名のりをあげると、ランツェは跳躍した。

アイリスの目には、ランツェの挙動があまりに速すぎて、ほとんど瞬間移動のように映った。

次の瞬間にはもう、ランツェはケルベロスの鼻先にまで移動していたのである。

「せいやあああっ！」

壮絶な気合とともに、神々しいほどの造形を誇る竜槍《りゅうそう》エシャロットの穂先が、三つのうち中央に当たる頭部に突きこまれた。

その威力ときたら、さすがのケルベロスも予想できなかったのではないだろうか。

瞬時にして、中央の頭部が吹き飛んだ。さらに滞空したまま、ランツェは残り二つの頭部も順々に破壊した。

そして、華麗に着地。

まさしく「疾風怒濤《シュトゥルム・ウント・ドラング》」の連続攻撃――。

「やりましたよ、アイリス様！」

歓喜の声をあげながら、アイリスを振り返るランツェ。

だが、奇妙だった。

三つの頭部を完全に吹き飛ばされ、無惨《むざん》な姿をさらしているケルベロスの巨体だが、いまなお四本の足でしっかりと立っているのだ。

と、見る見るうちに、三つの頭部が再生された。

「「「グルォアアアアアアアアアアアアアアアアッ！」」」

耳をつんざくほどの三重唱が、大広間を揺るがす。

「そんなバカな！　たしかに手応えはあったはずだ！　不死身なのか⁉」

愕然とするランツェ。さすがにショックが大きかったようだ。

と、すかさず左右の頭部が炎を吐いた。

真《ま》っ赤《か》な火焔《ブレス》が二本、螺旋《らせん》状に絡《から》みあいつつ、襲いかかってくる。

「……！」

アイリスとランツェは後方にむけて跳躍した。

だが、さらに激しい炎が迫る。

再び跳躍するアイリス。

一方、ランツェは判断が遅れてしまった。

「きゃあああああああああっ！」

まるで人形のように、ランツェは吹き飛ばされていた。

砲弾のように飛んできた炎の塊は、あくまでもランツェの肌をかすめただけだった。

その回避行動は、たしかに成功したように見えたのだが――防具を脱ぎ捨てていたのが徒《あだ》となった。火焔《ブレス》の余波だけでも、致命傷になりかねない衝撃をもたらしたのである。

「ランツェ！」

アイリスが叫んだ。

だが、仲間の身を案じている余裕はない。

ケルベロスの吐く炎は途切れることがなく、次々と襲いかかってくる。

倒れたランツェに近づくことすらできなかった。

「――アイリス。ランツェの介抱は後衛に任せてください。あなたはケルベロスだけに集中するのです」

と、後方からゲルダが声をかけてきた。

そういえば――と、アイリスは思い出した。

たしかランツェが攻撃を仕掛ける寸前、ゲルダはなにかをいいかけていたような――。

「ゲルダ！　ケルベロスについて、なにか知っているの⁉」

「実は……ケルベロスを倒すには、三つの頭部を同時に破壊する必要があるのです。それ以外の方法では、どれだけダメージを与えても無駄です。たとえ心臓を一突きしたとしても、死にませんから」

「そんな……！」

あまりに厳しい条件に、アイリスは顔から血の気が引く思いがした。

ランツェは倒れた。ゲルダの魔法は効かない。ルテッサの魔導騎銃も効かない。

そして、魔法やアイテムを使った撤退もできない。

「わたしたち、詰んだ……の？」

現実的に考えて、ケルベロスの三つ首を同時に破壊するのは不可能だ。せめて黒魔法が有効ならともかく、物理攻撃しか通用しない……。

そのとき、ルテッサが悲痛な声をあげた。

「なんや、あれ⁉　変なモンスターがうじゃうじゃ涌いて来たで！」

「――⁉」

アイリスも気づいた。

いつの間にか、壁際《ぎわ》のあたりに、奇妙な小型生物が大量に発生していた。

まるで屍肉《しにく》を喰らう蛆虫《うじむし》のようだ。

見た目は昆虫に近いが、なにやら機巧《からくり》仕掛けの玩具《おもちゃ》のようにも見えた。

問題なのは、その小型種の群れが、一斉に壁や床や天井を喰っていることだ。

いや、厳密には——喰われているのは、この空間そのものとしか見えなかった。

小型種が殺到した箇所には、なにも残っていない。ただ、不気味な闇が広がっているだけだ。悪夢としか思えない光景だった。

「あれは、特殊迷宮を維持・管理する装置の一種——『イレイザー』ですね。どうやら、ここはもう……廃棄されるべき空間らしいです」

ゲルダが冷徹な眼差しで観察しつつ、つぶやいた。こんな事態でも落ち着き払っていられるのは、さすがとしかいいようがない。

だが、そのゲルダでさえ、この状況を覆《くつがえ》すのは無理らしい。もし可能ならば、とっくに実行しているはずだ。

いずれイレイザーは、アイリスたちはもちろんのこと、ケルベロスに至るまで——すべてを廃棄すべき風景の一部として、喰らい尽くしてしまうのではないか。

無機的な雰囲気のイレイザーは、アイリスたちにも召喚獣にも目もくれず、ただただ作業に没頭している。己《おのれ》に課せられた職務を、忠実に遂行している様子だった。

イレイザーの浸食速度は速く、すでに大広間は全体の三分の一ほどしか残っていない。なにより、じわじわと足場が失われていく現実は、予想以上の恐怖だった。

背後にあった壁面さえも、漠然とした闇になっている。

あの闇に呑みこまれたら、もう二度と戻れないのではないか——。

「なっ！　なにしてくれんねん！」

ルテッサが機敏に反応し、魔導騎銃を連射する。

数発の魔弾がイレイザーの群れを吹き飛ばす。

「おっ！　一応、倒せるみたいやで！」

だが、倒せば倒すほど、うじゃうじゃと新たな群れが涌きだしてくる。

「あかん！　こんなん、切りがないわ……」

ルテッサが弱音を吐いた直後、

「──グラビオス＝フォルト」

ゲルダが魔法を使った。呪文《じゅもん》の大半を短縮し、結句のみを唱える高度な詠唱術だ。

そのとたん、何百何千というイレイザーたちが、一斉に動きを止めた。

暗黒神バルバロッサ系の特殊魔法、グラビオス＝フォルト。大賢者級の魔道士でなければ使うことのできない、極めて高度な魔法である。その神髄は、地・水・火・風の四大元素には属さない、重力操作系の魔法ということだ。

イレイザーたちは、何十倍にも増大した自重に耐えきれず、身動き一つとれなくなった。おかげで、イレイザーの増殖率もかなり落ちたように見受けられる。

「おおっ、さすがはゲルダちゃん！」

ルテッサが歓喜の声をあげる。

「……ふう。しばらくは時間を稼げるはずです。ただし、あまり長くは保《も》ちません。ほんの少し、この空間の寿命が延びただけです」

対照的に、ゲルダは無表情を保ったままである。あのゲルダでさえ、突破口を見いだせずに、苦慮している様子が伝わってきた。

「どうすればいいの——？」

このとき、アイリスの胸をよぎったのは、まさしく絶望だった。

その動揺が、隙《すき》を生んだ。

ケルベロスの前脚が、まるでハンマーのごとく、猛然と振り下ろされる。

「——!?」

とっさに回避したおかげで直撃こそ免れたが、その攻撃がもたらした風圧に巻きこまれ、アイリスの身体は軽々と吹っ飛ばされていた。

「くっ……！」

ミスリル製の胸甲が弾け飛び、衣服のあちこちが無惨《むざん》にも切り裂かれる。

しかも、背後の壁はすでに消失していた。

——そんな……！

もはやアイリスにできることは、なにもなかった。

このまま背後の闇に呑みこまれるだけ——。

「アイリスちゃん！」

「アイリス……！」

ルテッサとゲルダの声が聞こえたが、ひどく遠い気がした。

「わたし……大切な仲間たちを……護《まも》らなくちゃならないのに。こんなところで……死ぬわけにはいかないのに――」

切実な想《おも》いとは裏腹に、意識は徐々に薄れゆく。

最後にアイリスが思い浮かべたのは、なぜだか、とある新米冒険者の笑顔だった。

まだ知り合って間もない、不思議な雰囲気をまとった男子――。

「イシュト……」

思わず、彼の名前をつぶやく。

その刹那《せつな》――。

まだ無事だった床面の一部が、すさまじい爆発《ばくはつ》音とともに吹き飛んだ。

そして、穿《うが》たれた風穴からひょっこりと現れただれかが、アイリスの身体をしっかりと受けとめたのである。なぜだか、懐《なつ》かしい感触がした。

そのだれかさんは、場違いなほど暢気《のんき》な口調で、

「なんだ、アイリス。こんなところにいたのか」

そう告げると、会心の笑みを浮かべた――。

QUEST 8 「俺は魔王イシュヴァルト・アースレイ——地獄の主でさえ避けて通る男だ！」

1

「なにやら、とんでもない状況らしいな——」

聖獣クルルの導きのおかげで、イシュトはアイリスたちを発見することができた。

しかし、この大広間の状況を一瞥《いちべつ》しただけで、アイリスたちが前代未聞の危機に陥《おちい》っているのは明らかだった。

アイリスたちが対峙《たいじ》しているのは、見るからに凶悪そうな巨獣。しかも三つ首だ。一体、どの頭部が肉体を制御しているのだろう……などと、イシュトは素朴な疑問を抱いた。

一方、大広間の周辺部には、無数の小型生物がびっしりと涌いている。

よく見ると、この空間自体が不気味な欠損を示していた。どうやら、あの機械じみた小型生物が、この空間を喰《く》っているらしい。あろうことか、アイリスたちは——この部屋ごと消去される寸前だったのだ。

「苦戦しているようだな、アイリス。お前らしくもない」

「あの……イシュト？　どうやって、ここまで来たの？　とっくにダンジョンは再構成されたはずなのに……」

イシュトの腕に抱かれたまま、アイリスが尋ねてくる。

「クルルのおかげだ。あいつの鼻が、ルテッサの匂《にお》いを探知した。ある意味、いちばんの功労者といえるだろうな」

「いえいえ！　イシュトさんの働きぶりもすごかったですよ。ダンジョンのルールを完全無視して、壁やら床やら、ぶち壊してましたからね。ルール・ブレイカーって感じでしたよ！」

と、イシュトの背後でミラブーカが力説する。

「お前に褒められると、調子が狂うな。そもそもルール・ブレイカーは褒め言葉なのか？」

「いわれてみれば……悪い意味で使われるほうが多いかもしれませんね」

ぺろりと舌を出すミラブーカ。

「おい」

「もっ、もちろん、ミラちゃんは褒め言葉のつもりだったんだと思いますよ！」

と、フォローを入れるリッカ。

もっとも、イシュト自身は、この二人をこそ褒めてやるべきだな……と思っている。

何度か誤爆はしたものの、黒魔法でイシュトの補佐を務めたリッカ。体力も魔力もかなり消耗したはずだが、まだ元気そうである。

一方、重たい荷物を所持しながらも、ここまで自力で歩いてきたミラブーカ。「健脚」のスキルが優れているのか、ミラブーカの根性が立派なのか。おそらくは両方なのだろう。

「クーちゃん！」

と、ランツェを介抱していたルテッサが歓声をあげた。

「うぉん！　うぉん！　うぉん！」

クルルは尻尾《しっぽ》を左右に振りながら、ルテッサのもとに駆けつけた。だが、感動の再会を喜んでいる余裕はなさそうだった。

「「「グルオァアアアッ！」」」

三つ首の巨獣が、ずしん、ずしんと足音を響かせながら、いよいよイシュトたちに接近してくる。その爛々《らんらん》とした瞳《ひとみ》は、いまやイシュトだけを睥睨《へいげい》していた。

どうやら、イシュトを殊更《ことさら》に警戒しているようだ。知能の高さがうかがわれた。イシュトがじろりと睨《にら》み返してやると、ますます警戒心を強め、ぴたりと立ち止まる。

「ふむ、俺の強さを察しているようだな。あれはなんだ？」

「地獄の番犬――召喚獣ケルベロスだよ。レベルは巨人スルトよりも上だと思う。あいつのユニーク・スキルのせいで、翼竜石がただの石ころになっちゃって……」

と、アイリスが説明した。

「なるほど、それで帰還できなかったというわけか。とりあえず、ここは俺が足止めしてやる。お前たちは、さっき俺が切り開いたルートを使って脱出を——」

「あーっ！　イシュトさん！　せっかくの抜け道が……！」

と、ミラブーカが悲痛な顔をして叫んだ。

その視線を追うと、なにが起こったかは一目瞭然だった。

イシュトたちの後方で、新たに涌き出てきた小型生命体が、むしゃむしゃと空間を喰らい始めているのだ。

あろうことか、せっかくイシュトが床に開けてやった風穴も、すっかり消えている！

「ええい、厄介な……」

イシュトとしては、自分がケルベロスを牽制《けんせい》している間にアイリスたちを逃がし、そして自分も撤退しようと考えていたのだが、もはや不可能だった。

「アイリス。あの忌々しい虫けらどもは、一体、なんなのだ？」

イシュトはケルベロスを警戒しつつも、周囲の状況に視線を巡らせた。

不気味な虫けらは次々と涌いている。しかも、連中が通過した跡には、文字通り、なにも残らない——。

一応、ゲルダが魔法の力で連中の動きを多少は食い止めているようだが、いかんせん、敵の数は膨大だ。たった一人で大軍を相手にしているようなものだった。

「ゲルダは『イレイザー』って呼んでた。このダンジョンを維持・管理する装置……らしいよ。どういう原理かはわからないけど、この空間そのものを消滅させるつもりみたい」

「となれば、すべてを喰い尽くされる前にケルベロスを倒すしかないな。ケルベロスさえ倒せば、俺たちが持ってきた翼竜石が使えるはずだ」

「翼竜石、あるの？」

「当然だ。俺たちは、あの牝狐《めぎつね》が発行した臨時クエストを受けて、ここまで来たのだ。お前たちを救出するために、それなりに準備はしてきたぞ」

「ありがと、イシュト……」

アイリスは心底、安心した様子を見せたが、急に恥ずかしげな表情をした。

「ええと……そろそろ、下ろしてもらえるかな？」

「おっと、そうだった」

アイリスの、殺伐とした戦場には似合わない可憐《かれん》さに、イシュトは不覚にもドキリとさせられたが、努めて冷静に振る舞った。

アイリスは軽《かろ》やかに着地した。防具が無惨《むざん》に破壊され、肌のあちこちが露出しているのが悩ましい。

「お前たちは下がってろ。あいつは俺が一人で――」

「ダメだよ。いくらイシュトでも、あいつは一人じゃ倒せない」

と、アイリスが断固として反論した。

「どういうことだ？」

あの巨人スルトでさえ、イシュトは拳《こぶし》の一撃で倒した。ケルベロスもまた、問答無用でぶん殴ってやるつもりだったのだが——。

「ケルベロスを倒すには、三つの頭部を同時に破壊する必要があるらしいの。しかも、物理攻撃しか通用しないし……」

「そいつは面倒だな。いや、ちょっと待て。俺とアイリスが一つずつ担当するとして……残りの一つはだれがやるんだ？」

一応、イシュトは過去に銀狼《ぎんろう》騎士団と共闘しているので、彼女たちの戦闘スタイルは把握している。この状況だと、ランツェが戦闘不能に陥っているのが悔やまれた。あの重槍騎士のパワーなら、確実に通用するはずなのに。一方、ルテッサの魔導騎銃は魔法攻撃に属するので、おそらくは効かないだろう。

「おい、ルテッサ！　ランツェの容態はどうだ？」

イシュトは後方にむけて問いかけた。

「一応、ゲルダちゃんが回復魔法をかけたから、脈拍と呼吸は安定してきたけど……意識が戻らへん！　かなりの深手やわ……」

ランツェを介抱していたルテッサが、無念そうに答えた。

「そうか――となれば、ミラブー。お前に頼むしかないな」

「はあああああっ!?」

予想通りというか、ミラブーカは逃げ腰になった。

「なっ、なにをいってるんです？　あたしなんて、レベル1の道具士ですよ？　召喚獣ケルベロスなんて……無理！　絶対に無理ですって！」

「お前、爆弾を持っていただろう？」

「ええ、まあ……」

「そいつを使え。一発では心許《こころもと》ないから、手持ちの爆弾を一つにまとめたほうがいいな」

「本気ですか……？」

「当たり前だ。全身全霊をこめて、ぶん投げろ。狙《ねら》うのは、あいつの口のなかだ。どんなに強い獣だろうと、口のなかで爆発《ばくはつ》が起きれば、どうにもならん」

「そ、そんなに上手《うま》くいくでしょうか？　口を閉じられたら……」

「そこは俺がフォローしてやる。いいか、ミラブー。いまこそ道具士のアビリティが必要とされているのだ。心おきなく、ぶん投げろ」

「本当に……あたしでいいんですね？」

ミラブーカは固唾《かたず》を呑《の》んだ。

「ああ、そうだ。はっきりいって、お前にしかできんことだ。わかるな、ミラブー――いや、道具士ミラブーカ！」

正直なところ、イシュトとしても、まさか頼みの綱がミラブーカになるとは予想外で、内心では「本当に大丈夫か……⁉」と半信半疑だったのだが、下手に自分が不安を見せたりしたら、台無しになるだろうと思った。

ならばこそ、イシュトはミラブーカを鼓舞してやることに決めた。

自軍の将兵を理屈抜きで奮い立たせる「鼓舞」――それもまた、魔王スキルの一つなのである。

「なんだか、あたし……やれる気がしてきましたよ！　みなぎってきたー！」

いまやミラブーカの頬《ほお》は紅潮している。

「そうですよ！　首が三つあろうが、身体がドラゴン並みにデカかろうが、しょせんは犬ころじゃないですか！　いまこそ道具士の絶技を見せてあげますよっ！」

ちょっと鼓舞の効果が強すぎたかもしれないな……とイシュトは苦笑したが、まあ良かろうと思うことにする。

「アイリスは体力を温存しておくんだ。ミラブーは爆弾の準備だな。リッカはルテッサと一緒にランツェを介抱してやれ。その間、俺がケルベロスの注意を引きつけておく――」

イシュトはてきぱきと、仲間たちに指示を送った。

「了解だよ、イシュト。気をつけて」

「任せてください！　でっかいのをお見舞いしてやりますよーっ！」

「それでは、わたしはランツェさんに効きそうな薬草を試してみますね！」

頼もしい返事を背中で受けながら、イシュトはケルベロスにむかって突進した。

「ふっ……お前、地獄の番犬などと呼ばれてるらしいな？　俺を地獄に送りたいか、ケルベロスとやら？」

「「「グオオオオオッ……！」」」

すかさず火焔《ブレス》を吐いて対抗するケルベロス。

イシュトは軽やかに跳躍すると、にやりとした。

「だがな、俺は魔王イシュヴァルト・アースレイ——地獄の主《ぬし》でさえ避《よ》けて通る男だ！」

2

イシュトがケルベロスと格闘している間に、ミラブーカは手投げ爆弾を確認した。

全部で三つある。

一つでも相当な威力だが、ケルベロスに対しては心許ない。イシュトに指示された通り、この三つを一つにまとめることにした。幸いにも、手頃《てごろ》な麻袋があったので、そこにすべてを詰めこみ、口を厳重に縛る。

ふしぎな気分だった。

レベル1の道具士のまま、二年間もグダグダとソロ活動を続けていた自分が、いまでは心臓が破裂しそうなくらいハイレベルな冒険をしている。

噂《うわさ》に名高い「魔女の迷宮」に足を踏み入れた挙げ句、召喚獣ケルベロスと対峙《たいじ》。共闘の相手は、あの銀狼騎士団。しかも、この空間は廃棄される寸前であり、一歩間違えたら全滅は必至《ひっし》という状況……。

ところが、ふしぎと恐怖は感じなかった。

いや、最初は恐くて恐くて、何度も失禁しそうになったほどだが、イシュトの言葉を聞いているうちに、不安は綺麗《きれい》さっぱり失われた。その代わり、あふれんばかりの勇気が全身に充《み》ち満ちているのだ——。

「あの……あなたとは、初対面だよね？」

と、唐突にアイリスが話しかけてきたので、ミラブーカは顔を上げた。

そういえば、同じ宿酒場を利用していることは小耳に挟んでいたけれど、ちゃんと挨拶《あいさつ》をしたことはなかったな……と思い出す。

あの有名な白騎士《ロスヴァイセ》と、レベル1の自分が共闘することになろうとは——こうして声をかけてもらっただけでも、まるで夢のようだ。

遠目には、冷たい印象のある女騎士といったイメージだったけれど、こうして対面してみると、訂正したい気持ちになった。たしかにクールではあるけれど、冷酷な感じはしない。むしろ、優しい印象さえ感じられた。

「あっ、あたしは道具士のミラブーカです。つい先日、チーム・イシュトに加えてもらいました。よろしくお願いしますっ！」

「よろしく、ミラブーカ。わたしは——」

「もちろん知ってますよ！　王都の冒険者で、アイリスフラウさんを知らない人なんていませんから……！」

「アイリスでいいよ。爆弾の準備はできた？」

「あっ、はい！　ばっちりです！　ただ、イシュトさんの作戦ですけど……」

「なにか気になることでも？」

「冷静に考えると、かなり厳しい気がします。イシュトさんとアイリスさんが攻撃するタイミングに、あたしが上手く合わせられるかどうか……」

「それなら問題ないよ。あなたは、爆弾を命中させることだけを考えて。あなたが投げた爆弾の速度に合わせて、イシュトとわたしが残りの二つを攻撃するから」

さらりと応じたアイリスに、ミラブーカは舌を巻いた。

どう考えても、並みの冒険者にできる芸当ではない——。

「さすがは上級冒険者さんです……おかげで少し、気が楽になりました。それじゃあ、あたしは正確に投げることだけを考えますので」

「うん、お願いね」

アイリスが微笑を浮かべたそのとき、イシュトが派手な衝撃音とともに着地した。

「二人とも準備はいいか？　こっちは、いつでも行けるぞ」

イシュトは自信たっぷりの笑みを浮かべている。

よく見ると、ケルベロスの様子がおかしい。

つい先ほどまで、イシュトと激しい応酬を繰り広げていたのに、いまやぺたんと座りこんでいるのだ。

それに、ミラブーカから見て右端の頭部だけ、顎《あご》をだらしなく開いたままである。

「イシュトさん、ケルベロスになにをしたんです？」

目をぱちくりさせながら、ミラブーカは質問した。

「なに、大したことはしていない。肉弾戦のどさくさに紛《まぎ》れて、顎の関節を外してやった。少しは口のなかを狙いやすくなったのではないか？　あの首こそ、お前の担当分だ」

「マジですか……でも、それだけにしては、かなり苦しんでいるように見えますけど」

「ああ。ついでに心臓を破壊したり、全身の骨という骨を叩《たた》き折ったりしたから、自動回復が追いつかなくなったようだな」

イシュトは大真面目《まじめ》な顔をして答えた。

「だが、あれほど攻撃を加えても、致命傷には至らなかった。やはり三つの頭を同時に破壊する以外に、倒す方法はなさそうだ」

「本っ当に、デタラメな人ですね……」

ミラブーカは冷や汗を浮かべながらイシュトの話を聞いていたが、いまが絶対の好機なのは間違いない。動き回る相手よりも、座りこんでいる相手のほうが命中率は高い。

「ともかく感謝ですよ、イシュトさん。おかげで、こいつを口のなかにぶちこんでやれそうです！」

ミラブーカは勇気を得た思いで、宣言した。

「じゃあ、イシュトは真ん中の頭をお願い。わたしは、左側の頭を叩くから」

と、今度はアイリスが決然として告げた。

「よし、作戦開始だ――！」

イシュトの号令が、決戦の火蓋《ひぶた》を切った。

3

ゲルダの黒魔法がイレイザーの侵蝕《しんしょく》活動を遅らせてはいるものの、それでも大広間の面積は徐々に削り取られている。

もはや一刻の猶予《ゆうよ》も許されない。一秒でも早くケルベロスを片づけて、翼竜石を使えるようにする必要があった。

「グルルルル……」

イシュトにとことん痛めつけられたケルベロスは、ぺたりと座りこんだまま回復に努めていたが、そろそろ起きあがってきそうな雰囲気だ。

「シュヴァンネンフリューゲル――」

と、アイリスが詠《うた》うようにつぶやいた。たちまち、白鳥さながらの翼が背中に顕現する。幻想的な光景だった。

おそらくは、高密度の魔力が具現化したものだろう。巨人スルト戦でも見せていたな……と、イシュトは思い出した。

「その能力は、たしか――」

「うん。白騎士《ロスヴァイセ》のアビリティだよ。すべての能力値を一時的に上昇させるの。その代償として、敵の注意を引きつけてしまうんだけどね」

「そいつは頼もしいな。期待しているぞ、アイリス」

イシュトはさりげなく、アイリスを鼓舞した。

「うん、任せて」

「いい返事だ――行くぞ」

イシュトは床を蹴《け》って突進した。

すかさずアイリスも続く。

前方のケルベロスは、そろそろ回復が完了しつつあるのだろう、ようやく立ち上がろうとしていた。

「いまだミラブー！」

イシュトは叫んだ。

たちまちミラブーカが反応し、

「うりゃあああああああああっ！」

魂からほとばしるような叫びとともに、袋詰めにした爆弾を投擲《とうてき》した。

道具士のアビリティ「ぶん投げ」が発動し、その細腕からは想像もつかぬ速度で、一直線に右端の頭部にむけて突き進む！

「跳べ、アイリス！」

イシュトは跳躍した。

「うん！」

すかさずアイリスも床を蹴る。

撃ち放たれた砲弾のごとく、イシュトは中央の頭部をめがけて空中を突き進む。

左側にはアイリス、右側には爆弾。

もはや爆弾の進行速度は変えられないから、イシュト自身が意識的に同期させる必要がある。体内の魔力循環を調節することで、やや速度を落とした。

すると、今度はイシュトに合わせて、アイリスも自身の速度を調節してくれた。

これでイシュト、アイリス、爆弾の速度は、見事に同期したのである。

そして――ついに、三者はケルベロスの鼻先にまで迫った。

「うおおおおおおっ！」

イシュトは中央の頭部に鉄拳をお見舞いした。

「はあああああああああっ！」

アイリスの聖剣もまた、左側の頭部に突き立てられる。

「行っけえええええええええええええっ！」

ミラブーカの爆弾も、右側の頭部に命中した。だらんと開け放たれた口のなかに、一直線に飛びこんだのである。

強烈な破壊音の三重奏が轟《とどろ》いて、大広間をびりびりと震撼《しんかん》させた。

イシュトとアイリスが担当した頭部は、それぞれ脳を破壊されたのは明らかだった。

一方、複数の手投げ爆弾が同時に炸裂《さくれつ》した結果、黒煙が朦々《もうもう》と湧《わ》き起こった。おかげで視界が閉ざされてしまったが、口腔《こうくう》で爆発したのは間違いない。右側の頭部も完膚なきまでに破壊されたはずだ。

ちなみに、その爆風はイシュトの右半身にも少なからず襲いかかったのだが、なんらダメージにはならなかった。そして、イシュト自身が防波堤となったおかげで、爆風がアイリスに及《およ》ぶこともなかった。

これで三つの頭部は、同時に破壊されたはず――。

「やった！　やりましたよ！」

はるか後方で、ミラブーカがぴょんぴょんと飛び跳ねながら、全身で喜びを表している。だが、その無邪気な喜びようが、イシュトの胸に、なにやら不吉な予感を抱かせた。

事実、視界を埋める黒煙のむこうでは――

まだケルベロスの気配がはっきりと伝わってくるのだ。

アイリスもまた、同じことを感じたようだ。いまなお聖剣を構えたまま、臨戦態勢を保っている。

「イシュト……変だよ。倒れる気配がない。もしかしたら――」

「奇遇だな、アイリス。俺も同じことを考えていたところだ」

やがて、黒煙が晴れた。

「「「グルォオオオオオオオオオオオオオオオオオオオオオオン!!!」」」

魂を抜かれそうなほどの、盛大な咆哮《ほうこう》が響きわたる。

すでにケルベロスは甦《よみがえ》っていた。

叩きつぶされた中央頭部も、剣で貫かれた左頭部も、そして爆弾を喰《く》らったはずの右頭部も、見事に再生されている――。

「なっ、なんで⁉　ちゃんとタイミングは合っていたはずですよ……！」

ミラブーカが絶望の声をあげた。

「ミラブー。いまさらだが、あの爆弾はどういう仕組みで起爆するんだ？」

「ええと……基本的には機械式ですが」

「基本的には？」

イシュトはぴくりと眉を反応させた。

「ええと、一部に魔法技術が組みこまれていたような……」

だらだらと冷や汗を垂らしつつ、ぼそぼそと答えるミラブーカ。

「どう考えても、それが原因だな。そもそも純粋な機械式爆弾にしては、いろいろと都合が良すぎると思っていたのだ」

「すみません！　物理攻撃として認識されるとばかり思っていたんです！　本当にすみません……あたしのせいで、こんなことに……」

がっくりと両膝をついてしまうミラブーカ。いまにも泣きだしそうな顔をしている。

「泣くな、ミラブー。お前はよくやった。ろくに確かめもせず、作戦を実行した俺の責任だ。まったく、この俺としたことが……こっちのユルユルな生活のせいで、平和ボケしていたのかもしれんな」

慰めの言葉をかけてやりながら、イシュトはミラブーカの頭に手を置いた。

「イシュトさん……」

「しかし、困ったな。もう攻撃の手段がない。俺とアイリスだけで三つの頭部を同時に破壊するのは、さすがに無理がある。俺が本気を出せば、この空間そのものを破壊することは可能だが……」

「えっ！　そんなことができるんですか？」

「まあ、それをやると全滅だがな」

イシュトは苦笑した。

と、二人のやり取りを黙って聞いていたアイリスが告げた。

「ゲルダの魔力にも限りがあるよ。このままだと、本当に全滅しかねない……」

アイリスの指摘通り、ゲルダが懸命にイレイザーの活動を抑制しているものの、時間が経《た》つにつれて、圧《お》され始めていた。

戦闘フィールドの面積は、ますます削られている。

ふと気づけば、天井《てんじょう》も壁も大半が消失し、おどろおどろしい闇《やみ》が広がっているだけだ。まるで、深い闇のなかに、石造りの床面だけが浮いているような状況である。

その床面にしても、四方から徐々に喰い荒らされているのだ。あたかも、じわじわと包囲網を狭《せば》められているかのような状況だった。

——考えろ。最後まで諦《あきら》めるな。あの卑劣な勇者どもに不意を衝《つ》かれ、暗黒大陸から追放されてもなお、生き延びた俺ではないか。この程度の状況がなんだ。なにか方法があるはずだ。諦めてなるものか……！

そのとき、イシュトの視界のすみを、とてつもなく存在感のある物体がよぎった。

「こいつは、たしか……？」

それは——巨大な槍《やり》だった。

どこか神話や伝説の匂いを感じさせる逸品だ。まるで太古の英雄の墓標のように、地面にずぶりと突き立っている。いかにも神聖な気配に満ちていて、触れるのをためらったほどだった。

「ランツェの武器——竜槍《りゅうそう》エシャロットだけど、それがどうかしたの？」

と、アイリスが怪訝《けげん》そうに問いかけた。

「そうか、ランツェの槍か。道理で見覚えがあるはずだ。ちょっと思いついたのだが、こいつをぶん投げれば、先ほどの爆弾以上の破壊力を得られるのではないか？」

「たしかに伝説級の武器だから、うまく命中できれば……だけど、その槍は特別だよ。ランツェは怪力の持ち主だから余裕で振り回してるけど……近衛騎士団の人たちですら、持ちあげることさえできなかったんだから」

「それほど重いのか……」

イシュトは嘆息した。

竜槍エシャロット――たしかに、こうして眺めているだけでも、とてつもない重量感が伝わってくる。ミラブーカの細腕では、とてもとても――そこまで考えて、イシュトはハッと思い出した。

「おい、ミラブー。お前、たしか豪語していたな？　それがアイテムでさえあれば、伝説級の武器だろうがぶん投げてみせる……とかなんとか」

「もちろんですよ！　とにかくアイテムでさえあれば、重量を無視してぶん投げることができます。武器だってアイテムの一種なのは間違いありません！　見ていてください……！」

ミラブーカは竜槍エシャロットの脇《わき》に立つと、その長柄を両手で握りしめた。

そして――。

「ふんぬー!!」

掛け声一つ、竜槍を地面から引き抜こうとする。

だが、びくともしない。

イシュトとアイリスが不安げに見守るなか、さらにミラブーカは気合をこめた。

「なんの、これしきぃ！　これはアイテム！　そう、アイテムなんだからぁあああっ!!」

その瞬間、ミラブーカの全身が輝いた。

どうやら道具士のアビリティが発動したらしい。

「うりゃあああああああああああああああああああああっ!!!」

そして、ついに――ミラブーカは竜槍エシャロットを持ちあげた！

「おおっ！　やるではないか！」

と、イシュトが称賛する一方で、

「嘘《うそ》……信じられない……」

アイリスは目を丸くしている。

自身の体格をはるかに圧倒する、超重量級の槍を構えるミラブーカ。さすがに、へっぴり腰ではあるけれど、とにかく投擲の準備はととのったというわけだ。

「よし、決まりだ！　俺はちょっくら、あいつの動きを止めてくる！」

イシュトはダッシュすると、再びケルベロスを痛めつけるべく、猛威をふるい始めた。

4

……それから数分後。

ケルベロスを再び痛めつけたイシュトは、アイリスとミラブーカが待機する地点に舞い戻った。

大広間の中央部――すべての脚を叩き折られたケルベロスは座りこみ、またしても回復に努めている。

「今度こそ確実に倒す。王都に帰ったら、みんなで祝杯をあげるぞ！」

イシュトは意気揚々と叫ぶことで、アイリスとミラブーカを鼓舞した。

「了解だよ！」

さわやかに応じたアイリスとは対照的に、

「もちろん、イシュトさんの奢《おご》りですよね！」

ミラブーカは妙に現実的な返事をよこす。

「おい、ミラブー。お前というやつは……まあ、いい。アイリスたちを救出できたら、たんまりと報酬が出るはずだからな。よかろう、俺の奢りだ！」

ここに至り、イシュトの「鼓舞」は最高潮に達した。

もはやアイリスとミラブーカの表情に、不安などは微塵《みじん》もない。二人の瞳はきらきらと輝いて、いまや希望の炎を灯《とも》しているように見えた。

「これより第二次攻撃を開始する！　俺に続け！」

イシュトは猛然と駆けだした。

「シュヴァンネンフリューゲル！」

アイリスもまた、水面すれすれに飛ぶ白鳥さながら疾走する。

「いまだ、ミラブー！」

先ほどと同じ要領で、イシュトは合図を送った。

「うおりゃああああああああああああっ！」

イシュトたちの後方で、ミラブーカの気合がほとばしる。

ミラブーカが投擲した竜槍は、意外にも、すぐさまイシュトに並んだ。少しでも速度を落としたら、追い抜かれてしまいそうだ。

一度目の作戦では、むしろイシュトとアイリスが投擲爆弾の移動速度に合わせる必要があったのだが、今度は全力で竜槍を追いかける必要があった。

どうやら、投げるアイテムの特性に応じて、移動速度までが変わるらしい。頼もしくもあり、厄介でもあった。

「うおおおおおおおおおおおっ！」

「はああああああああああああああっ！」

「ぶちかませぇええええええええええええええええっ！」

いまこの瞬間、三人の声が一つに重なる。

イシュトは真ん中の頭部をぶん殴り、
アイリスは右側の頭部を聖剣で突き刺し、
ミラブーカが投げた竜槍は、左側の頭部を一直線に貫いていた。

「「「オオオオオオオオッ……」」」

イシュトとアイリスが着地したときにはもう、ケルベロスは断末魔の呻《うめ》きを洩らしつつ、自壊を始めていた。

一般的なモンスターとは違い、討伐《とうばつ》された召喚獣の場合、死骸は残らない。ただ消滅するのみだ。

そのセオリーに従って、冥府《めいふ》の番犬ケルベロスの肉体もまた、徐々に消えていく――。

「やったぞ！　今度こそ仕留めた！」

「すごい……本当に倒せちゃった……」

「やった！　やりましたよ～！」

その光景を前に、イシュトたちは歓声をあげた。

だが、そうこうしている間にも、イレイザーたちの活動は続いている。

「くっ……さすがに厳しいですね。百年前なら、もう少し粘ることができたのですが……」

と、ゲルダが苦渋の声を洩らした。ついに魔力が尽きてしまったらしく、その場で座りこんでいる。

その結果、イレイザーたちの侵蝕速度は飛躍的に上がってしまった。見る見るうちに、周囲の床が面積を減らしていく。もはや、冒険者ギルドの食堂フロアよりも狭いほどだ。勝利の余韻に浸っている場合ではなさそうだった。

「ミラブー！　翼竜石の準備だ！　急げ！」

ミラブーカは応じると、すぐさま翼竜石を取り出した。

「お任せあれっ！」

5

幸いにも、翼竜石は正確に機能した。

イシュトたちがダンジョンの入口前に帰還した直後、

「うおおおおおおおおおっ！」

「すげえ！　あいつら、本当に銀狼騎士団を連れ帰ったぞ！」

「前代未聞だな、おい！　信じられねえ！」

「なにはともあれ、無事で良かったわ……！」

律儀に待機していた冒険者たちが、拍手喝采《かっさい》を浴びせてきた。

『――ご無事で安心しました。イシュトさんもミラブーカさんも、本当に、本当にお疲れさまでした……！』

と、通信用のマジック・アイテムを介して、エルシィが涙ながらに声をかけてきた。

「心配をかけたな、エルシィ。だが、もう大丈夫だ。次からは、もう少し楽なクエストを用意してほしいものだが」

『ふふっ。了解しました。手頃なクエストを用意して、お待ちしていますね。……あ、すぐに支部長を呼んできます！』

と、エルシィはパタパタと駆け去った。

やがて、ベルダライン支部長の顔が映しだされる。

『よくぞアイリス嬢たちを連れ帰ってくれたね、イシュト君。冒険者ギルド王都支部を代表して、礼をいわせてもらうよ』

「礼には及ばん。俺は、お前が発行した臨時クエストを受注しただけだからな」

『くっくっ。だんだん、冒険者が板についてきたじゃないか。あんなに嫌がっていたのに』

「むぐっ……そんなことより、報酬はなんだ？　ちゃんと考えたんだろうな？」

『もちろんさ。いっただろう、脳漿《のうしょう》を振り絞って考えておく、とね』

「うむ……で、具体的には？」

『気が早いよ、イシュト君。アイリス嬢たちを、無事に王都まで連れ帰る——それまでがクエストさ。報酬については、そのあとで発表しよう』

「つまり、まだ考えていないんだな？」

『くっくっく……嬉《うれ》しいよ、イシュト君。まだ知り合って間もないのに、僕への理解度をかなり深めてしまったようだね。これではまるで、長年連れ添った夫婦みたいじゃないか』

「ええい、やめんか！　おぞましいにもほどがあるぞ！」

『はっはっは！　それでは、王都で待っているよ！』

ベルダラインは気を悪くした様子もなく、呵呵大笑《かかたいしょう》した。

たちまち周囲が笑いに包まれる。

「まったく……あの牝狐め」

とつぶやいて、イシュトは肩をすくめたのだった。


紆余《うよ》曲折はあったが——予想外の臨時クエストは、ほぼ達成できた。

あとは夜明けを待ち、王都に帰るのみだ。

あまり期待できそうにないが、ベルダライン支部長がどんな報酬を用意してくれるのか、楽しみでもあった。

また、どうしてアイリスたちがあんな窮地《きゅうち》に陥る羽目になったのか、その話も詳しく聞いておきたかった。

なにはともあれ、イシュトは疲労困憊《ひろうこんぱい》していた。

まずは一眠りしたい気分だな……と、イシュトは清々しい星空を見あげながら思った。

EPILOGUE

1

魔女ダーシャは、ダンジョンの自動生成現象も意に介さず、次々と第五階層から先を攻略していった。

わずか数日にして、第七階層の終着点にたどり着いた。召喚獣バハムートを利用したおかげで、徒歩など比較にならぬ移動速度を実現したのだ。そこではゴーレム型の階層主が立ちはだかったものの、バハムートがあっさりと破壊してくれた。

その直後、ダンジョンの機巧《からくり》装置が作動して、見るからに古めかしい宝箱が現れた。

「ふふっ。お母様が遺《のこ》した秘蔵のアイテム……一体、なんなのかしら？」

矢も盾もたまらずに、ダーシャは宝箱を開いた。

「これは……？」

意外にも、宝箱の底に安置されていたのは、豪奢《ごうしゃ》なドレスを着せられた人形だった。

「おかしいわね。なんのオーラも感じないわ。つまり、これは……」

「ああ。ただの玩具《おもちゃ》だな」

と、アスモデウスがダーシャの耳元できっぱりと告げた。

それでも、ダーシャは嬉《うれ》しく思った。

「これはきっと、お母様が――わたしのために用意してくれたのだわ」

ダーシャは人形を愛《いと》おしげに抱き締め、目を閉じると、亡き母に思いを馳《は》せた。

「……ダーシャ。このダンジョンをどうするか――その権利は、最初の攻略者であるお前に委《ゆだ》ねられる。封鎖するか、あるいは存続させるか。好きにするといい」

と、アスモデウスが勿体《もったい》ぶった口調で告げた。

「このダンジョンは、お母様の作品だもの。封鎖するのは忍びないわ。これからも『人喰《く》いダンジョン』として、存続してもらわなくちゃね」

ダーシャは悪戯《いたずら》っぽく微笑《ほほえ》むと、可憐《かれん》な人形を大事に抱えた。

「さて……と。寄り道もすんだことだし、次はお母様の予言書に登場した《恐怖の大魔王》を調べなくちゃね。こう見えて、わたしは忙しいのよ――」

2

アイリスたちを救出した翌朝、イシュトたちは晴れて王都に帰還した。

それから——数日がすぎた。魔女の迷宮〈グラキオス〉での戦闘が嘘《うそ》に思えてくるほど、王都の時間は穏やかに流れている。

あの銀狼《ぎんろう》騎士団を見事に救出したことで、チーム・イシュトの名声——特にイシュヴァルト・アースレイの勇名は、いよいよ高まる一方だった。

例によって、イシュトを勇者扱いする者たちが急増したのは、予定調和というべきか。

「ええい、俺《おれ》を勇者と呼ぶんじゃない！」

と、いちいち否定するのが面倒に思えてしまう、今日この頃《ごろ》だった。

なお、アイリスたちを陥《おとしい》れた人物の名は、「魔女ダーシャ」というらしい。

わざわざ召喚士マリーダに変装して、第三次特殊迷宮探索部隊に潜入したそうだ。

つまり、あの壮麗なパレードのさなか、

——やっと会えたわね。わたしだけの魔王様。


などと念話をよこしたのは、マリーダではなく、魔女ダーシャだったのだ。

なんでも、ダーシャはブリガンとかいう著名な魔女の娘らしいが……目下、冒険者ギルド王都支部が調査中とのこと。

なぜダーシャはイシュトを「魔王様」などと呼んだのか？　一体、ダーシャはなにを考えているのか？　いずれ、たしかめる必要がありそうだな……と思った。

一方、その安否が心配されていた召喚士マリーダだが、王都近郊の森で保護されたという報《しら》せが飛びこんできた。

たまたま地元の猟師が現場を通りかかり、発見に至ったのである。眠りの魔法をかけられており、ずっと眠り続けていたという。

かなり衰弱していたものの、命に別状はないそうだ。肉食系のモンスターが彼女の付近を通りかからなかったことが、不幸中の幸いだったといえる。

ただし、目覚めたマリーダは記憶の一部を失っており、魔女ダーシャに関する情報は得られなかったという――。

3

「ふっふっふ！　これであたしもレベル3です！　まさかの二階級特進ですよ！　リッカさんに追いつきました～！」

「ええと、実はわたしも……ハイレベルなモンスターを何匹か倒せたおかげで、レベル4になっちゃいまして」

「なんですとー!? せっかく追いついたと思ったのにぃ！」

宿酒場〈魔王城〉――チーム・イシュトが借りている部屋で、リッカとミラブーカが冒険者証を見せ合っていた。

魔女の迷宮から帰還してすぐ、二人は冒険者証を更新したのである。

「おい、ミラブー。二階級特進などというと、まるで殉職したみたいだぞ?」

結局、レベル0のままだったイシュトは、なんとなく面白《おもしろ》くない気分だったので、少しばかり意地悪なことをいってやった。

「ちょっ、縁起の悪いことをいわないでくださいよ！」

「まあ、三分の一とはいえ、レベル1の道具士が召喚獣ケルベロスに致命傷を与えたのだからな。経験値がどっさりと入ったのも当然だろう」

ちなみに、大抵の冒険者が、レベル6から8くらいで年齢的に限界を感じ、引退を決意するのが慣例だという。

本来、ぽんぽんとレベルアップするなど、あり得ない事態なのだが……偶然に偶然が重なった結果、ミラブーカは「二階級特進」を果たした。

リッカに至っては、早くもレベル4である。初級冒険者の最高位であり、あと一つアップすれば、なんと中級冒険者の仲間入りだ。

「ふっふ～ん！ さあさあ、もっと褒めてくださいよ！」

「おい、ミラブー。いくら自画自賛したところで、その状態ではな……画竜点睛《がりょうてんせい》を欠くぞ」

と、イシュトはちくりと嫌みをいってやった。

「うぐっ……」

悔しそうに顔をしかめるミラブーカ。

そう、ミラブーカはいま、リッカのベッドを占領している状態なのである。

身も蓋《ふた》もない表現をすれば、「寝たきり」になっていた。


……時は、地獄の番犬ケルベロスを討伐《とうばつ》した日まで遡《さかのぼ》る。

あの戦闘の直後は、ミラブーカ自身のテンションが上がっていた影響だろうか、特に問題はなかった。

だが、いざ王都に帰還した頃から、急に腰の痛みを訴えだしたのだ。ついにはベッドから起きあがれなくなってしまった。

医師の診察によれば、筋肉痛とぎっくり腰が同時に襲いかかったような症状だという。

まあ、ミラブーカは若いので、一週間も寝ていれば自然回復するだろう──と、医師は苦笑まじりに診断を下すと、帰っていった。

竜槍《りゅうそう》エシャロットのような伝説級の武器を持ちあげ、ぶん投げるという荒技は、道具士に特有のアビリティのおかげで実現できたわけだが……まだ幼い肉体には、あまりに荷が重すぎたらしい。そのツケが、こんな形で表出したのである。

やむを得ず、いまはリッカが介護してやっている状態だった。

「まあ、まずは腰を治すことだな」

イシュトが諭すように告げたそのとき、玄関の扉が音をたてた。

だれかがノックしたようである。

「来客らしいな。俺が出よう」

ミラブーカの相手はリッカに任せ、イシュトは寝室をあとにした。

応接間を横切って、玄関にむかう。扉を開けると――

なんと、そこには私服姿のアイリスが所在なげにたたずんでいた。

「おお、アイリスか。もう怪我《けが》はいいのか？」

「……うん。わたしは軽傷だったし」

「ランツェの容態はどうだ？」

「おかげさまで、順調に回復してるよ」

「なによりだ。それにしても……アイリスが俺たちの部屋を訪れるなんて、珍しいな。上がっていくか？」

「ううん、ここでいい。すぐにすむから」

と答えたアイリスは、しばらくの間、用件を切りだすのをためらっていた様子だが――やがて、思いきったように口を開いた。

「あのね……イシュト」

「ん？」

「ベルダライン支部長がいってた、報酬の件だけど」

「報酬？　ああ、そういえば……あの牝狐《めぎつね》め、まだなんの連絡もよこさないな。まったくもって、けしからんやつだ」

と、イシュトは答えたものの、実をいうと、ミラブーカが寝たきりになって大騒ぎしたため、すっかり忘れていたのである。

危うく、有耶無耶《うやむや》にされるところだった……。

ふしぎなのは、報酬の件をアイリスが気にしていることだ。

たしかに、アイリスたちを救出するというクエストではあったが、報酬を支払うのは、あくまでも冒険者ギルドのはずである。アイリスが気にすることではないはずだ。

「えっとね。これは、ベルダライン支部長が勝手に決めたことなんだけど――」

突然、アイリスは後ろ手に持っていたなにかを見せると、イシュトの胸元《むなもと》にピシッと突きつけた。

「はい、報酬！　たっ、たしかに渡したから……！」

なぜだか真《ま》っ赤《か》になると、アイリスはぱたぱたと駆け去ってしまった。普段は凛々《りり》しいエ

リート騎士なのに、まるで可憐《かれん》な町娘のようだった。

イシュトの手元には、アイリスから渡された封筒が残された。

なんだか可愛《かわい》らしいデザインである。しかも、花のような香りがした。

開封してみると、なにやらチケットのような紙が出てきた。

とりあえず、なにが書かれているのかを確認してみると——

手書きの文字が並んでいる。可愛らしい、丸っこい文字である。


——「一日デート券」


「……は?」

一瞬、なにかの冗談かと思った。

この異世界の言葉は完全にマスターしたとばかり思っていたけれど、もしかしたら深読みが必要なのかもしれない。だが、どう深読みすればよいというのか。

よく見ると、「一日デート券」の脇《わき》には、「銀狼騎士団　アイリスフラウ・リゼルヴァイン」という、本人の署名もあった。

ここに至り、イシュトは支部長の意図を理解した。

深読みの必要など、はじめからなかったのだ。

アイリスがあんなにも恥じらっていた理由が、ようやく理解できた。

「要するに、だ。アイリスとのデート……それがクエストの報酬というわけか。まあ、それはそれで、喜ぶべきところかもしれんが――あの牝狐っ！　これでは冒険者ギルドの負担はゼロではないか！　予算をケチりやがったなっ……！」

きっと今頃《いまごろ》、ギルドの支部長室で高笑いをしているベルダラインの顔を思い浮かべつつ、イシュトは悪態をついた。

だが、すでに賽《さい》は投げられたのだ。

どうせミラブーカが復帰するまでの間、クエストは休業する予定だった。スケジュール的には、なんら問題はない。それに、イシュトは一度だけ、町娘に扮《ふん》したアイリスと連れだって、王都の商店街を見て回ったことがある。思い起こせば、楽しいひとときだった。

「……うむ、そうだな。魔王にだって、デートは必要だ――」

イシュトはわざとらしく咳払《せきばら》いをすると、さりげなく、一日デート券をポケットに納めたのだった。

あとがき

こんにちは、瑞智士記《みずちしき》です。長らくお待たせしてしまい恐縮しています。『レベル０の魔王様、異世界で冒険者を始めます』の第二巻を、お届けいたします。

昨年の夏、第一巻を出版するやいなや、予想以上の反響をいただきまして、ほかの誰よりも作者自身がおどろきました。こうして続編を出版できることが嬉しくてなりません。読者の皆様に心から感謝しております。

この第二巻では、リッカの魔法特訓に付き合ったり、可愛いけれど一癖も二癖もあるミラブーカと出会ったり、サブタイトルにも登場する「不思議なダンジョン」を探索したり……等々、元魔王のイシュトは着実にクエストを重ねていきます。

ミラブーカのジョブは「道具士」といいます。

第一巻でも、その名称だけは登場しましたが、まさか第二巻で掘り下げることになるとは……第一巻を執筆していた時点では、まだ予想もしていませんでした。

この道具士というジョブには、明確なモデルがあります。

その昔、私が猛烈にハマった『ファイナルファンタジー　タクティクス』に登場した「アイテム士」です。

あのジョブを自分なりに解釈し、小説という形で描写するとどうなるんだろう？　と想像しながら執筆するのは、新鮮かつ楽しい体験でした。

今後も、本シリーズには様々なジョブを登場させたいと考えていますので、ご期待くださいませ。


ここで、読者の皆様にご報告があります。

なんと、早くも本シリーズのコミカライズが決定しました！

連載媒体は、スクウェア・エニックス社の漫画アプリ「マンガＵＰ！」です。私自身、どんな漫画作品になるのか楽しみで楽しみで、続報を心待ちにしています。


末筆ながら、美麗なイラストを描いて頂いた遠坂《とおさか》あさぎ様と担当編集Ｕ様をはじめ、お世話になった皆様に厚く御礼申し上げます。

それでは、第三巻でお会いしましょう。

瑞智士記　拝

ファンレター、作品の
ご感想をお待ちしています

〈あて先〉

〒106－0032
東京都港区六本木2－4－5
SBクリエイティブ（株）
GA文庫編集部 気付

「瑞智士記先生」係
「遠坂あさぎ先生」係

本書に関するご意見・ご感想は
右の QR コードよりお寄せください。

※アクセスの際や登録時に発生する通信費等はご負担ください。

https://ga.sbcr.jp/

レベル0の魔王様、異世界で冒険者を始めます 2
不思議なダンジョンを攻略してみませんか？

発　行　　2020年2月29日　初版第一刷発行
著　者　　瑞智士記
発行人　　小川　淳

発行所　　SBクリエイティブ株式会社
〒106−0032
東京都港区六本木2−4−5
電話　03−5549−1201
03−5549−1167（編集）

装　丁　　AFTERGLOW

印刷・製本　中央精版印刷株式会社

ISBN978-4-8156-0445-5
Printed in Japan　GA 文庫

試読版は
こちら!

痴漢されそうになっているＳ級美少女を助けたら隣の席の幼馴染だった

著：ケンノジ　画：フライ

GA文庫

「諒くん、正義の味方みたい」

　高校二年生の高森諒は通学途中、満員電車で困っている幼馴染の伏見姫奈を助けることに。そんな彼女は学校で誰もが認めるＳ級美少女。まるで正反対の存在である姫奈とは、中学校から高校まで会話がなかった諒だったが、この件をきっかけになぜだか彼女がアピールしてくるように!?

「……くっついても、いい？」

　積極的にアプローチをかける姫奈、それに気づかない諒。「小説家になろう」の人気作――歯がゆくてもどかしい、ため息が漏れるほど甘い、幼馴染とのすれ違いラブコメディ。※本作は幼馴染との恋模様をストレス展開ゼロでお届けする物語です。